黒瀧糸由

画　一河のあ

原作　アンモライト

ぷちぱら文庫

お姉ちゃんと
ショータくんと。

～ナカを良くするHのカンケイ～

美人で文武両道で学校の人気者でおっぱいも大きいステキなお姉ちゃん。以前は弟の笙太くんにべったりの優しいお姉ちゃんだったのに、最近はなんだか姉弟関係がぎくしゃくしている。

鶯谷 梓 うぐいすだに あずさ

梓の親友。一見、
清楚でお淑やかなお
嬢さん……でも実は
オトコ遊びが激しい
エッチな女の子。

柔水 保奈美 やわみず ほなみ

梓の親友。さばけ
た人柄で、恋愛にも
エッチにも積極的。
押しの強い性格だけ
ど、乙女な一面も。

日ノ原 夏樹 ひのはら なつき

クラスでも人気者の美少年。姉の梓と仲良しだったけど、最近はちょっと険悪になってしまい……。

鶯谷 笙太　うぐいすだに しょうた

プロローグ お姉ちゃんとボクのビミョーな関係

「ねー、鶯谷《うぐいすだに》くんさー。今度の日曜日、遊びに行かない？」
「ふえ⁉」
学校の帰り道、クラスの女子数人にいきなりそんなことを言われて僕は、変な声を出しちゃった。
「行こうよ？　アタシたち、鶯谷くんともっと仲良くなりたいしー。ねー？」
「うん♪」
「えと……えと……」
僕が返事に困り、立ち止まってると後からやってきた友達が助けてくれた。
「笙太《しょうた》が行くなら、俺も行くー♪」
「俺も、俺もー♪　ショータと遊びてー」
「あんたたちはいいのよ！　邪魔しないで！」
三人の女子と、僕を含めて三人の男子が向かいあった。クラスでも、こんな感じになるとすぐ言いあいになる。
「アタシらは、鶯谷くんと遊びたいのよ。あんたらは関係ないんだってば！」

「なんで？　俺ら笙太の友達だからさ。遊ぶなら一緒なんだよ」
「そうそう。それにさぁ……お前らのなかにショータがいたら、大変だぞー？」
「大変？　どうして？」
「どう見たって、笙太が一番女子っぽいし。しかも一番可愛い」
僕は思わず「うっ」と言っちゃった。一番気にしてることを……。
「そ、それは、そうだけど。鶯谷くん、可愛いけどさぁ……」
また、「うっ」と声を出しちゃう。女子から見ても僕って「可愛い」のかぁ……。女の子に間違えられることはよくあって、からかわれることも多いんだけど。
リーダーっぽい女子がそう言って駆け出すと、他の女子も後に続いた。
「もう！　作戦変更。鶯谷くん、また誘うから！」
「はあ………。ありがと」
「いいって。はぁ、笙太はホントにモテるよなー」
「学校の女子にナンパされたの、何回目だ？」
「ナンパって……。遊びに誘われただけだから……」
「あーあー。笙太がその気になったら、女子といくらでも遊べるのにな。あいつら、笙太に頼まれたらエッチなこともさせてくれるぞ？」
「いいな、それ。俺なんか、触っただけで蹴っ飛ばされるのに」
「え、え、エッチなことって……そんな……。ダメだよ……そんなの」

僕がアワワしてると、友達二人は笑った。
「ははは。筆太にはまだ早いか？　彼女とかさー」
女の子に興味がないわけじゃない。エッチなことも……。でも、僕が気になる女子は、一人だけなんだ。
「まあ、女子たちから筆太を助けたんだ。遊びに行こうぜ。サッカーやりにさ」
「うん！」
怖い女子たちと遊ぶよりは、そっちの方が楽しい。

それから一時間くらい遊ぶと、みんな、帰る時間になった。
「あーあー、泥だらけ」
僕が困った顔をすると、友達がニヤニヤしながらからかってきた。
「筆太はさあ……お姉ちゃんとお風呂に入るんだろ？」
「え？　え？」
僕が慌ててると、別の友達も加わる。
「いいよなー。ショータの姉ちゃん。美人でさー、頭良くてさー。勉強もできて」
どうして、僕のお姉ちゃん「鶯谷梓《あずさ》」のことを知ってるんだろう？
「うちの兄ちゃんが言ってたぞ。友達になりたいって」
「おっぱいも、すっごいでっかいしな。筆太、触ったことあるのか？」

「な、な、ないよ、そんなの！　もう、僕、帰るからね！　ばいばい！」
顔が赤くなってることを気づかれないよう、慌てて二人に背を向けて僕は走り出した。

「ただいま！」
鍵を開けて家にあがると、すぐにお風呂場に向かった。泥だらけな格好で部屋に行ったら、お姉ちゃんに叱られちゃう。
廊下を進んで脱衣場のドアに手をかけて、えいっ、と開く。
「え⁉　しょ、笙太……⁉」
「ふあ⁉」
脱衣所にお姉ちゃんがいた……。お風呂からあがったばかりで、肌はしっとりとしていて、うっすらピンク色で。タオルが身体を包んでるけど、おっきなおっきなおっぱいは覆いきれてない。
ぽよんとした、やわらかそうなおっぱい。胸の谷間がちょっと汗ばんでる。
「どこ見てるの？」
「え⁉　あ……」
お姉ちゃんが冷たい目で僕を見る。
「出て行きなさい。私、着替えるんだから」
「う、うん……」

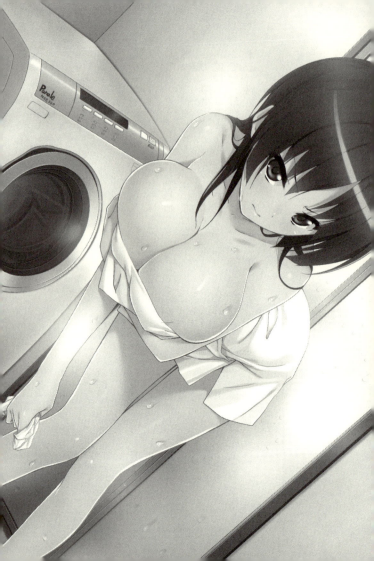

僕は入ってきたドアから、外に出た。

ちょっと前なら、お姉ちゃんはあんな態度を取らなかったのに。

あの頃なら、

『もぉ～泥まみれじゃないの！　しょうがないわね。一緒に入って、洗ってあげるわ』

って言って、僕の身体をキレイにしてくれた。

でも、もうそんなことをお姉ちゃんはしてくれない。うっかりお姉ちゃんの裸を見たら怖い顔で睨まれちゃうようになった……。

僕の失敗で……。僕が、あんなことをしたから……お姉ちゃんは……。

僕はお姉ちゃんが大好きで、大好きで。甘えたり、抱きついたりしたい。

でも、お姉ちゃんは僕のことが嫌いになっちゃったみたいで、僕が近づくとイヤな顔をする。偶然でも触ったりしたら、すごく……怒る。

「はぁ……」

――ガラッ

ドアが開いて、部屋着に着替えたお姉ちゃんが出てきた。僕が廊下にいることを分かっているのに、なにも言わないでリビングのドアを開けた。

入れ替わりで僕はお風呂に入った。

こうして、お風呂で身体を洗ってると、あの日の失敗を思い出しちゃう。
——思い出したくない失敗
あの日までお姉ちゃんは僕と一緒にお風呂に入ってくれた。大好きなお姉ちゃんに身体を洗ってもらうのが大好きだったし、湯船で背中から抱きしめられるのも好きだった。
ずっと昔からそうしてもらってたのに、あの日の僕は……。
『しょ、笙ちゃん……そ、それ!?』
お姉ちゃんはボディーソープを使って僕の身体をキレイにしてくれていた。もちろんお姉ちゃんも裸で、泡まみれになって。それが、すごく気持ち良くて……。気がつけば僕のおちんちんは、硬く尖っちゃって、先っぽが天井に向かって伸びてた。後から知ったけど、「ボッキ」って言うらしい。
お姉ちゃんはそれを見て、すごく驚いていた。
『しょ、笙ちゃん……。そ、それ……そんな風に、な、なっちゃうの……？』
僕はどうしたらいいのか分からなくて、あわあわしながら立っていた。小さくしようと思っても、おちんちんは全然小さくならない。
驚いているお姉ちゃんは少しずつ僕から離れて、逃げ出そうとしてる……。
『あ……あ……きゃっ！』
でも、途中で尻餅をついちゃって、お風呂の床に座ってしまった。僕はお姉ちゃんを助けようと手を伸ばした。

『お姉ちゃん……だいじょう……わ、わ、わぁぁぁぁ!!』

泡でいっぱいの床はツルツルで……滑った僕は、気がつけば、お姉ちゃんの身体に抱きついていた。

『しょ……筐ちゃん!! い、いけない!! だめよ!!』

おちんちんは硬いままで、先っぽがお姉ちゃんのやわらかい肌に当たってる。

『どいて。筐ちゃん!! だめなの……こういうのは……っ!!』

僕の下でもがくお姉ちゃん。もがけばもがくほど、おちんちんが擦られて……なんだか、すごく……気持ち良くなってきた。

『あ……あ……。お、お姉ちゃん……僕……僕……おちんちんが……なんか変だよー』

『だめ! 筐ちゃん!! 動かないで!! やめなさい!!』

お姉ちゃんの怖い声がお風呂に響き渡った。でも、止まらなくて……。

ぴゅーって……白くて、ネバネバしたおしっこが……おちんちんの先から、出ちゃった。

それはお姉ちゃんのお腹にかかって……。

『だ、ダメよ! こんなの、ダメなんだからね!! 筐ちゃん!! どいて!!』

お姉ちゃんは突き飛ばすように僕の身体を押すと、慌てて立ちあがった。そして、白いおしっこをシャワーで洗い流すと、僕に怖い顔をして……お風呂場を出て行った。

――そして、その日から

お姉ちゃんは、怖いお姉ちゃんになっちゃった。
あの時のことを思い出すと、胸がきゅーってなっちゃう。涙も出てきて……。
「僕がいけないんだ。ボッキなんて……しちゃったから……」
お姉ちゃんがすごく怒ったんだから、ボッキはいけないことなんだ。なのに、僕のはすぐボッキしちゃう。
今も……。お姉ちゃんのお風呂あがりの格好を見て……硬くなってる。

夜になってお父さんも、お姉ちゃんも眠っていた。僕も自分の部屋で目を閉じていたけれど、全然眠ることができなかった。
「うう考えちゃダメだ……」
目を閉じると浮かんでくるのは……。お姉ちゃんのおっぱい。
脱衣所で見てしまった、お姉ちゃんの大きなおっぱい。
他のことを考えようと思っても腰の辺りがなんだかムズムズして、どうしても眠ることができない。明日も学校があるのに。
「ううダメだぁ……。『アレ』しないと……眠れないよぉ……」
家の中はシーンとなって、外からも音が聞こえなくなってる。これなら、大丈夫だ。
僕はそっとベッドから降りて、廊下に出た。たまに外から聞こえる自動車の音にビクッ

としながら、そっと僕はお姉ちゃんの部屋に向かう。
ドアに耳を押しつけて、部屋の中の音を聞いた。お姉ちゃんはもう寝てるみたいで、電気も消えている。
慎重に、慎重にドアを開け、そっと中に入る。もう何度か、こんなことをしてるけど、いつも胸がバクバクして、心臓の辺りが痛くなる。
でも、こうしないと、僕のボッキが収まってくれないんだ。
「お姉ちゃん……」
すごく小さな声で、囁いた。お姉ちゃんは全然起きる様子がない。僕は安心してベッドに近づき、右手をベッドについた。
スプリングの効いたベッドはちょっとだけ軋むので胸がドキッとする。でも、お姉ちゃんは起きない。僕は安心してベッドの上に乗った。仰向けで眠るお姉ちゃんの脇腹の横で、正座をするような格好になって。
「お姉ちゃん……。お姉ちゃん……？　寝てる……よね？」
「すう……すう……すう……」
さっきより近い距離で呼びかけた。安らかな寝息で眠ったまま。これなら大丈夫だ。
ゆっくりと深呼吸をしてから、僕はお姉ちゃんの胸にそっと手を置いた。
「ふあ……」
思わず声が出そうになっちゃった。やわらかい……。とっても、やわらかい……。

「すう……すう……すう……」
あまり強く揉まないように気をつけながら、僕は手のひら全体でお姉ちゃんのおっぱいを感じる。ずっとムズムズしてたお股が、パンツの中でピーンッと硬くなった。また、ボッキしちゃってる。
こんな風に、夜そっとお姉ちゃんの身体を触るのは初めてじゃない。ボッキをしちゃったあの日から、何回かこんな風にしている。
「すう……すう……んっ……」
お姉ちゃんはおっぱいを揉まれていても目を開けず、寝息を立てている。すごくいい香りがして。僕は、顔を近づけた。
「すう……すう……すう……」
すぐ目の前にお姉ちゃんの顔があって、僕の頬に寝息が当たる。その甘い息を僕は吸った。お姉ちゃんの香りがいっぱいする、ちょっとだけ蒸れた寝息を……。
「すう……すう……すう……」
「ん……んっ……」
やわらかいおっぱいをモミモミしながら、お姉ちゃんの身体に股間を押しつけた。寝息を吸いながら、腰を動かしてボッキしてるのをゴシゴシ擦る。
「あ……あ……う……うぅ……」
こんなことをしたら、お姉ちゃんにまた嫌われちゃう。でも、こうしないとボッキが小

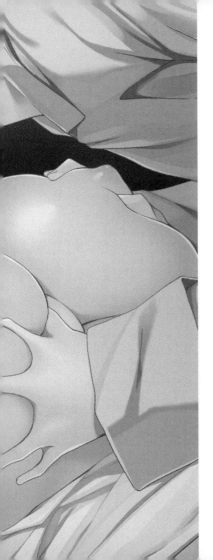

さくなってくれないんだ。

「すぅ……すぅ……すぅ……」

あぁ……お姉ちゃん。すごくキレイだ。いい香りもして。嫌われちゃってるけど。僕は、

僕は……大好き。

お姉ちゃん。大好きだよぉ……。

「っ………」

パンツの中に、白くてネバネバしてるおしっこが、ボッキの先からいっぱい出た。気持

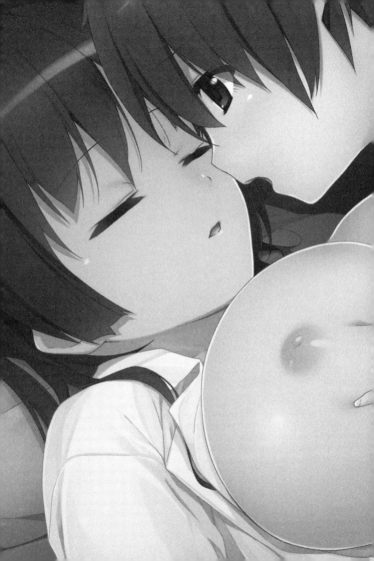

ち悪いけど、これが出るとちょっとだけ落ち着いて、おちんちんもやわらかくなる。
「はあ……はあ……」
もっと触っていたいけど。もし起きちゃったら、もっと嫌われちゃう。
僕はお姉ちゃんの寝息をいっぱい吸い込んで、身体をそっと離した。

★☆★ 梓のつぶやき ★☆★

私の身体から、筆太がそっと離れて部屋を出て行ったのを確かめてから、私は眠っているふりをやめた。
静かに目を開き、さっきまで筆太が触っていた辺りを触れる。
「んっ……」
指の温かさがまだ残ってる。太ももに硬いのが擦りつけられた余韻も。
しばらくそうしていると、あの子が廊下をそっと歩き、自分の部屋に入っていくのが分かった。たぶん、スッキリして眠ることだろう。それでも、数分待ってから身体を起こし、私は脱衣所に向かった。
「すごい……こんなにたくさん」
洗濯機の中にあった白いパンツ。まだ温かみが残るそれには、あの子が出したばかりの

精液がいっぱいついていた。私のとは全然違う、ぬるっとした液体。
「ああ、もう。お姉ちゃんで、こんなにいっぱい出したのね……なんて悪い子なの。はぁ……はぁ……」
笙ちゃんのお汁の匂いを嗅いでいるうちに、アソコが痺れてきて立っていられなくなる。脱衣所の床に脚を開いて座り、右手であの子のパンツを握り締めてたっぷりと匂いを吸い込んだ。匂いだけで割れ目がどんどん濡れてきて、私のショーツの前面が湿ってくる。ああ、やっぱり……この匂いで。私……。
「はぁ……はぁ……。笙ちゃん……。いけない子ね……」
笙ちゃん。
ほんの少し前まで、あの子をそう呼んでいた。今でも本当はそう呼んであげたい。でも、それはもうできない。
「ごめんね……。笙ちゃん。あ……あぁ……。お姉ちゃん、こんなに濡れてるの」
左手をショーツの中に潜らせて、ぴちょぴちょになってしまった割れ目に指を這わせる。すごく……熱い。
「くふぅっ……んっ。んっ……くんっ……くんっ。すごい。笙ちゃんの匂いがいっぱい。はぁ……はぁ……。ごめんね。エッチなお姉ちゃんで。あぁ……好き。好きよぉ……」
大好き。本当は笙ちゃんのことが大好きなの。ずっと……。でも、この想いを、あの子に伝えちゃいけない。

あの日まで、ただの弟だったのに。私の身体で射精してくれた時、私は笙ちゃんを「男の子」なんだって今ごろ気がついた。そして、そんな「男の子の笙ちゃん」を好きになっていた。

でも私たちは姉と弟。そういうのは許されない。

だから甘えてくるあの子に冷たくすることしかできない。無防備に甘えてきたら、あの子を……襲っちゃいそうだから。

「ぺろ……れろ……。んっ……じゅる……んっ……。はぁ、はぁ、笙ひゃんの、美味ひぃ。ぺろ……んっ……んっ……」

パンツの布地に吸いついて、美味しい部分をいっぱい吸い込んだ。口の中いっぱいに広がる笙ちゃんの味。アソコがもっとビクビクして、深いところからトロトロの液がどんどん溢れてくる。

濡れた穴の表面を指先で何度も、何度も擦る……。

「はぁ……はぁ……笙ちゃん！　好きぃ！　あっ！　あぁ！　美味しいっ！」

あの子に触られた乳房がジンジンと熱くて、乳首が勝手に勃《た》ってくる。

「んっ！　んっ！　あぁぁ！　あぁぁ！　い……いっ！　いいぃ！」

この指が、あの子の手だったらと思うと、身体がビクンッと強く反応した。

「い、いけない……。そんなの……考えちゃ、いけないのぉ……」

指でいやらしい穴の周囲を何度も触り、パンツを唇で吸い続けた。

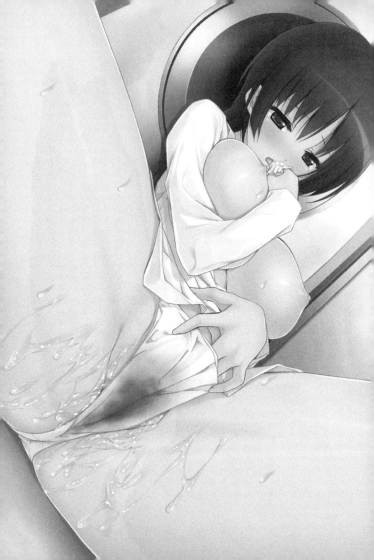

「じゅりゅ……じゅりゅ……。あふ……い！　いっ！　いく！　いくぅ！　笙ちゃんのお汁で、お姉ちゃん、い……い、い……いくぅ……んっ……んっ!!」

アソコからお漏らししたみたいに、エッチな液が溢れてきて、床に垂れた……。

「はあ……はあ……はあ……。い……イっちゃった」

絶頂するとすぐに、悲しみが押し寄せてきた。

あの子は私を慕ってくれている。でも、それは「姉」に対してであって、私が笙ちゃんに向けるような感情とは違うだろう。

私が抱えている気持ちを、あの子に見せたら……たぶん「気持ち悪い」と言って拒絶されるに違いない。

だから……隠すしかない。あの子には、ずっと冷たい態度を取るしかない。

「ごめんね……。笙ちゃん……」

第1章 やってきた二人のお姉さん

「来週から、長期の出張になったんだ。二人とも留守番を頼むぞ」
お父さんが会社から帰ってきて、お姉ちゃんと僕をリビングに呼び出し、そんなことを言った。それって、お姉ちゃんと二人きりで生活するってこと、だよね？
「長期って、どのくらい？」
お姉ちゃんが聞くと、お父さんは「んー」と考えながら使い込んだ手帳を取り出した。
「一ヶ月くらいかな……。もしかすると、もう少しかかるかもしれない」
そんなに長い間、お父さんはいないんだ。じゃあ、僕はお姉ちゃんと二人きり？　わ、嬉しいな♪　僕は密かに笑顔を浮かべたけど、お姉ちゃんはため息をついた。
「私と笙太の二人じゃ物騒だから、友達を呼んでいい？」
「友達……？　まさか、男友達じゃないだろうな」
「違うわよ！　なんでそんなこと笙太の前で言うの!?」
なぜかお父さんを怒りながら、困った顔でお姉ちゃんは僕を見る。なんだろう？
「学校のお友達よ。もちろん女の子。それならいいでしょ？」
「んー……。友達の親御さんが良いって言えば、な」

「成績を上げるための合宿ってことにするわ。それなら大丈夫でしょ」
お姉ちゃんは明るく笑った。けど、僕の方はガッカリしてる。お姉ちゃんは友達がたくさんいるけど、どうして呼ぶんだろう？
あ、そうか……。分かっちゃった。僕と二人きりになるのがイヤなんだ……。
数日後。お父さんは出張に行った。お姉ちゃんにだけ「家のこと頼むぞ」と言って。
それから三日間、僕はお姉ちゃんと二人きりの時間を過ごした。前のように優しいお姉ちゃんに戻ってはくれないけど、この家に僕と、お姉ちゃんしかいないっていうのが、すごく嬉しかった。大好きなお姉ちゃんと二人きり。
なのに……。
「笙太。学校に行く前に話があるの」
朝ごはんを食べている途中、いきなりお姉ちゃんが言った。
「あのね。今日から、私のお友達を呼ぶことにしたわ。やっぱり私とアンタの二人きりじゃ、なにかあった時に困るから」
お姉ちゃんはそう言うけど、たぶん、僕と二人きりの生活がイヤになったんだろう。だから、友達を呼ぶんだ。本当はずっと二人でいたいけど、僕はイヤだなんて言えない。
「うん……」
「それでね、笙太」

いきなりお姉ちゃんの口調が落ち着いた声でゆっくりになった。なんだか緊張する。
「アンタはなるべく部屋に籠もって、友達と一緒にならないようにね」
「え……？　どうして？」
「どうしても、よ」
まっすぐに僕の目を強く見つめる。いつものお姉ちゃんと雰囲気が違うので、僕は頷いてしまった。
「う、うん……分かったよ。お姉ちゃんが、そう言うなら、僕そうするよ」
答えるとお姉ちゃんは「ほうっ」と息を吐いて微笑んだ。
「二人とも、ちょっと変わったところはあるけど、いい友達だから」
お姉ちゃんの微笑みは、なんだか前みたく優しかった。

「ただいまー」
学校から帰ると、玄関に見慣れない靴があった。そして、リビングから楽しそうに話す声が聞こえてくる。たぶん、お姉ちゃんの友達が来てるんだ。盛りあがってるみたいで、僕の声は聞こえなかったみたい。
「どうしようかな……」
お姉ちゃんは会うなって言ったけど、挨拶くらいしてもいいよね？　しばらく一緒に住むのかもしれないし。

僕は少しドキドキしながらリビングのドアを開いて、中に入った。

「あの、お姉ちゃん。た、ただいま……お友達来てるの……」

「きゃーーー！　可愛いぃ〜♪」

「ふ、ふわ？」

リビングにはお姉ちゃん以外に、女の人が二人いた。

日焼けした健康そうな人と、お姉ちゃんよりもおっぱいが大きい人。二人は立ちあがって、僕に近づいてくる。

「えー、なんだよ。アタシが子供の頃より可愛いじゃん」

「梓ちゃんの弟くんて、この子？　こんなに美少年なの？」

「さすが梓の弟って感じ。妹って言われても信じちゃうって」

すごく楽しそうに話す二人を前にして、

僕は立ち尽くしてしまった。

「あはは。ごめん、いきなりでびっくりさせちゃったわね。私、梓ちゃんの友達で、柔水《やわみず》保奈美《ほなみ》。保奈美お姉ちゃんて、呼んでいいわよ？」

「アタシは日ノ原夏樹《ひのはらなつき》。夏樹お姉ちゃんだ♪」

すごく丁寧に話すおっぱいの大きい人が保奈美お姉ちゃん。ちょっと荒っぽい話し方をするのが夏樹お姉ちゃん……か。なんだか優しそうな人たちで、ホッとした。

「鶯谷笙太です。よろしくお願いします。ほ、保奈美お姉ちゃん、夏樹お姉ちゃん」

「ああん、こんな可愛い弟ができて保奈美お姉ちゃん、嬉しい♪」

「夏樹お姉ちゃんも♪」

「ふあ⁉」

いきなり両側から二人が抱きついてきた。やわらかい身体に挟まれて、なんだか……。

「ちょっと……」

二人に挟まれて僕が困っていると、お姉ちゃんが立ちあがって腕を組み、冷たい視線をぶつけてきた。

「私の友達を、馴れ馴れしくそんな呼び方しないでくれる？」

「ふあ。あの、でも、これは……」

「どうしてリビングに来たの？　約束したわよね？」

「え、あ。あ、挨拶しようかなと思って」

「そう。じゃあ、挨拶は済んだわね？」
お姉ちゃんの視線が「さっさと部屋に籠もりなさい」と訴えてくる。僕は慌てて頷いて、保奈美さんと、夏樹さんから身体を離した。
「あの、あの、じゃあ、僕……部屋に行くから！」
僕はリビングから逃げ出し、自分の部屋に向かって階段を駆けあがった。

今日の宿題のプリントは結構難しくて時間がかかったけど、それが終わると部屋にいてやることがなくなっちゃった。テレビはないし、本もマンガも読んじゃったし。
「んー……どうしようかな」
ベッドに腰掛けて考えていると玄関のドアが閉まる音が聞こえた。お姉ちゃんたちが出かけたのかもしれない。それならリビングに降りて、テレビを見ようかな。
そう思った時、僕の部屋のドアがノックされた。
——コンコンッ
「はい？」
返事をするとドアが開いて、保奈美さんが入ってきた。
「はーい笙太くん♪　入っていいかなー？　もう、入っちゃったけど♪」
続いて夏樹さんも……。
「おお？　結構片づいてるじゃん。アタシの部屋よりキレイだな」

「え？　え？　あ、あの……」
突然入ってきた二人のお姉さんにオタオタしているのも気にせず、保奈美さんは僕の隣に座った。身体をぴとっと密着させて。
「ふあ⁉」
「あら？　変な声を出して、どうしたの？　ふふ……」
すごく近いとこに顔があって、僕の頬にいい匂いの息が吹きかかる。腕にやわらかい膨らみがグイグイ押しつけられて、谷間に挟まってしまった。すごく暖かくて、もにょもによしていて……。
「夏樹ちゃん。ほら、早く」
部屋のあちこちを見ていた夏樹さんは、保奈美さんに呼ばれてゆっくりと振り向いた。
「ん？　マジでやんのか？」
「そうよ。なんのために来たの？」
「ふ、そうだな。よしっ♪」
え？　え？　今の会話、なんだろう……？　なんて、思っている間に夏樹さんが、保奈美さんの反対側に座った。そしてギュッと僕を抱きしめてくる。保奈美さんや、お姉ちゃんよりは小さいけど、夏樹さんの胸も……すごくやわらかい。
「ふあ……。あ、あの……あの……」
こ、こんなことしてたら叱られちゃう。二人には会っちゃいけないって言われてるのに。

さっきもリビングで怒られたし。こ、こんなことされてるの、もしもお姉ちゃんに見つかったら……僕。

「梓ちゃんのことが心配？」

心を読まれてびっくりして、つい頷いてしまう。

「ふふ。そう。でも、安心して。梓ちゃんは、夕食のお買い物に行ったから」

「しばらく帰ってこないみたいだぞ。だから……さ。その間に」

夏樹さんの息が耳にかかってくすぐったい。

「うふふ。笙太くんを、お姉ちゃんたちが慰めてあげるからね」

「な、慰めって……え？　な、なんでですか？」

「さっき梓ちゃんに叱られてたからよ」

「そうそう。アタシたち、笙太のこと結構気に入っちゃったからな」

二人のお姉さんに両側からギュッとされて、おっぱいにも挟まれて……。僕はなんだか頭がクラクラしてきた。

「ふあ……ふあぁ……」

僕はどうしていいか分からず、二人の間であわあわとしていた。でも、やわらかいおっぱいに挟まれて、半ズボンの中心がもこって膨らんじゃった。慌てて、手で隠したけど、二人の視線がしっかり集中していた。

「笙太くん。可愛いのが、大きくなってきちゃったね」

「隠すな、隠すな」
夏樹さんに腕を掴まれて、膨らんだところが見えるようにされてしまった。
「あ、あ、み、見ちゃダメ……」
脚を閉じようとしたけど、保奈美さんに押さえられて閉じられない。
半ズボンの真ん中が大きく膨らんでいて、どんなに頑張っても隠すことができない。
「あらあら。可愛い顔してるのに、ここはこんなに大きいのね」
「う、うう……ご、ごめんなさい」
優しくギュッとされてるのに、おちんちんを大きくしちゃうなんて、お姉ちゃんのお友達にまで嫌われちゃうかもしれない……。
すごく恥ずかしくて、謝ったけど……涙が、滲んできた。
「あらあら。泣かなくていいのよ、笙太くん。男の子なら自然な反応なんだから」
優しい保奈美さんの声を聞いて少しホッとした。でも、次の言葉に、僕はすごくびっくりすることになる。
「ねえ、笙太くん……。この、大きくなっちゃったの。お姉さんたちが、小さくしてあげよっか？　笙太くんをスッキリさせてあげる」
「え……？　え……!?」
「夏樹ちゃん。いいわよねー？　笙太くんなら？」
「ちょ……。このタイミングでかよ。初日からなんて……。んー、まあいいか」

また変な会話をしているなと思った次の瞬間、二人の手が僕の硬い部分に乗っかった。
「ふあ⁉　あ、あ、あ……」
「すっごく硬い……。さ、あとはお姉さんたちにまかせなさい」
「そうそう。すっごくスッキリさせてやるから」
意地悪な微笑みを浮かべて、二人は僕の硬いのを撫でながら半ズボンを脱がし始めた。
「あ、だめ！　だめ！　脱がしちゃ……あ……ああ……」
抵抗しようとしたけど、二人とも僕より力が強い。僕は下半身を剥き出しにされ、ベッドの上に仰向けに倒されてしまった。
「うふふ。ピーンッってなってるね、笙太くんの♪」
「あんなに抵抗したくせにな」
そう言うと保奈美さんと夏樹さんは、僕の上におっぱいを押しつけてのしかかり、ボッキに顔をすごく近づけた。
「くん……くん……ちょっと、おしっこの匂いするけど、キレイにしてるわね」
「ああ、これなら……まぁ、いいかな」
すっごい恥ずかしい……。僕のピンッってなってるのを、二人がすっごい近くで見て、匂いまで嗅いでるなんて。
「あ、あ、やめて。み、見ないでくださいよぉー」
「ふふ。ほんと可愛いなあ笙太くんは♪　ねえ、笙太くんはコレ、剥いたことある？」

そう言って保奈美さんはおちんちんの先端の皮を引っ張った。
「む、剥くって……なんですか……？」
「はは、その様子じゃないみたいだな」
「そうね。ふふ、じゃあ……今から、お姉さんたちが、剥いてあげちゃうね。はむっ……んっ……」
「ふああ⁉　あっ……ほ、保奈美さん⁉」
保奈美さんの唇がいきなり皮の端っこを挟んだ。
「ほら、なふひひゃんもぉ……んっ……」
「アタシもやるのか？　んー、まあ、いいか。これなら……ゆっくりしてやるから、ジッとしてんだぞ？　……はむっ」
「はうぅ⁉」
先端を覆っている皮が唇に挟まれ、左右に引っ張られた。そして、そのまま二人は顔を下にゆっくりと下げていく。
すごくゾクゾクして、ちょっと痛いけど、でも……それより、すごく気持ち良くて。僕は変な声を出しちゃう。
「ひゃ……あ……あぁ……ひゃ……ああ……」
「ふふ……。んっ……。はい、上手に剥けました♪」
「感謝しろよ？　初めて剥いてくれたのが、女の唇なんて普通ないぞ？」

剥き出しになった先端はなんだかヒリヒリして、スースーして……変な感じがする。鶏の胸肉みたいにピンク色で、本当は皮なんて剥いちゃいけなかったんじゃ……。
「んー、やっぱり、ちょっと汚れてるわねー。お姉さんたちが、キレイきれいしてあげるからね♪」
「たちって……アタシもかよ？　仕方ねえなぁ……もう……んっ。ぴちゃ……んっ」
「え……あ……ふあああ!?」
汚れてるとか、キレイきれいとか、また分からないことを言われて戸惑ってると、ふ、二人の舌が僕の先っぽをペロペロと舐め始めた。
「うわ!?　うわわわ!?　あっ！　ふあああ！」
皮を剥かれた時よりも強いゾクゾクが先っぽから全身に走って、僕は腰がビクッと動いちゃう。おっぱいに押さえ込まれて動けないけど。
「くちゅ……くちゅ……んっ……ぴちゃ……。んふふ……」
「まったく……ぴちゃ。レロ……れろ……。ぴちゃ……」
保奈美さんと夏樹さんが僕のをペロペロしている。
「なにこれ……？　なにこれえ……。はうう……。だめえ……。こ、こ、こんなの……お姉ちゃんに見つかったら、怒られちゃうよぉ……」
「ぴちゃ……大丈夫……。ん……ぴちゃ……んっ。まだ帰ってこないわよ。ふふ、ぴちゃ……笙太くんは、こんな時も……梓ちゃんのことが気になるのね」

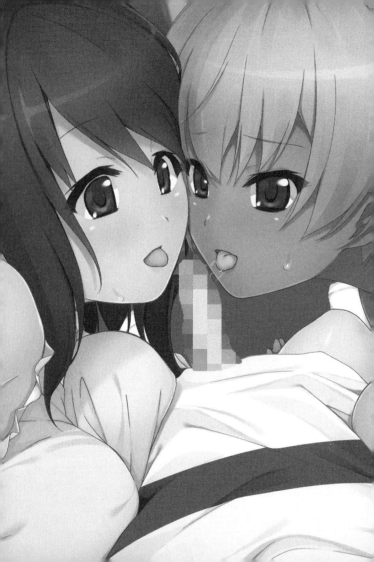

「まったく……ぴちゃ。んっ……レロレロ……。せっかくアタシたちが舐めてやってんだから、こっちに……ぴちゃ……集中しろ……ぺろ……んっ……」
「はあ……はぁ……んっ！　うぅぅ！」
ピチャピチャと音を立てながら、二人は僕の先端の色んなところをペロペロしている。キャンディーを舐めるみたいに。
舌のザラザラした部分で何度も先端を撫でられ、ゾクゾクした感触がすごく強くなる。お姉ちゃんにおちんちんを擦りつけてる時とは全然違う気持ち良さ……。
出ちゃう……これじゃ……。おしっこが……出ちゃうよぉ……。
「あら？　ピクピクしてきたわね。ヌルヌルもいっぱい出て。笙太くん、出ちゃいそうなのね？　白いのが？」
「ふあ……あ……ふああ……!?　ど、どうして……保奈美さん……知ってるのぉ？」
秘密にしてたのに。僕のおちんちんから、白くてネバネバしたおしっこが出るの、お姉ちゃんにも話したことないのに。保奈美さんは、なんで知ってるんだろう……。
恥ずかしくてすっごく顔が熱い。たぶん真っ赤になってる。そんな僕を、保奈美さんも、夏樹さんも、微笑みながら見てる……。先っぽをペロペロと舐めながら……。
「ふふ……。知ってるんだよ。そんなの……ぴちゃ……んっ。んっ……。こんなの初めてだろうからな。んっ……。いいぞ、出しちゃって」
「そうそう。男の子は、みんな白いの出ちゃうんだから……ぴちゃ……んっ。ぴちゃ……

んっ……出すところ、お姉さんたちに見せて。ペロ……レロ……れろれろ……」
「んふっ、あぁ……あっ……くぅぅ……」
二人の舌使いが、なんだかすごく強くなってきた。
「ここも……気持ちいいんだから……ぺろっ。んっ……んっ……ちゅっ……」
保奈美さんの舌先がおしっこの出るとこに入ってきて、ぐりぐりされる。ちょっと痛いのに、でも、すごく変な気持ちで……。
「あ、だ、だめぇ！　先っぽ、ぐりぐりしたらぁぁ！　あっ！　あぁ！」
「イイ声出すなあ笙太は。じゃあ、アタシはカリ首を攻めてやるからな。んっ……んっ。ほら……気持ちいいだろ？　んっ……」
夏樹さんの舌が、おちんちんのへっこんだところをペロペロと舐めたり、突《つっ》いたりしてくる。くすぐったくて、すっごく気持ち良くて、僕はなんだか頭がボーッとしてきた。
「ふあ……あっ⁉　あふぅ！　あふぅ……だ、だめぇ……」
カリ首っていうところを何回も舐められて、おしっこの穴をぐりぐりされて。もう出ちゃいそうだ。でも、このまま出したら……絶対に嫌われちゃう。
お姉ちゃんだって、白いおしっこを僕がお漏らししちゃったから怒ったんだ。保奈美さんも、夏樹さんも、白いの出したらすごく怒るに決まってる……。
僕はベッドのシーツをギュッと握って、おしっこが出ないようにガマンする。
「ぺろっ……ぺろっ……んっ……ふふ、笙太くん、すっごい頑張ってるね。でも……ぴち

ゃ……ぴちゃ……。いいのよ、出して……ぴちゃ……ぴちゃ……」
「そうそう。思いっきり出せよ。気にしなくていいから……」
「ふぁ……ふああ！　でもぉ……でもぉぉ!!」
嫌われちゃう……。嫌われるのは……イヤだ……。僕は歯を食いしばっておしっこをガマンした。
「もう。強情な子ね♪　うふふ、可愛い子が喘いでるの可愛いけど……」
「ガマンのしすぎは、身体に悪いからな……」
「ふえ?」
いきなり僕のシャツの下に、二人の手が挿し込まれた。そして、僕の胸を触り、指先で乳首をコリッとやわらかく引っ掻いた。
瞬間、胸から全身に電流が走り、力が抜けちゃった。そして……。
「あっ！　あぁぁ！　だめ！　だめ！　だめぇ！　出ちゃうよぉぉぉぉ!!」
僕は少し身体を反らせて、おちんちんからいっぱい白いおしっこを噴き出してしまった。
出しそうになった瞬間、保奈美さんは舌をおしっこの穴から引っこ抜いたので、ピンッとなったあれの先端から、白くてネバネバのが天井に向かってドビュッと噴射された。
「きゃんっ♪　あはは、出た出たぁ～♪　すっごーい」
「おわっ!?　結構大量だな♪」
「あ……あぁ！　あぁぁ！　あぁ！　あっ！　あぁぁ！」

お姉ちゃんに擦りつけて出してた時とは全然違う気持ち良さ。すごくいっぱい出したのに、まだ気持ち良さが続いてて。白いおしっこも、いつもよりすごく多い……。

「はぁ……はぁ……はぁ……はぁ……」

頭がボーッとして、腰から下がビリビリしてる……。誰かにしてもらうのって、こんなに気持ちいいの……？

「うふふ、いっぱい出たね笙太くん♪　どう？気持ち良かった？」

「う、うん……。すごく……気持ち良かった」

「やっと素直に言ったな。喜んで貰えたならアタシも嬉しいぜ」

おちんちんを軽く摘まみながら、二人は僕を嬉しそうに見てる。よく見れば、保奈美さんにも、夏樹さんにも、僕の白いおしっこが……いっぱいかかってた。

「わわ！　わわわ！　ご、ごめんなさい！　ご

めんなさい！　僕の、い、いっぱい、かかって！　あっ！　あわわわ！」
僕が慌てて起きあがろうとするのを、また大きなおっぱいが押さえつけた。
「いいって。このくらい気にしないから。なあ？」
「そうよ。うふふ♪」
二人は楽しそうに笑ってる……。おしっこ……かかったままなのに。
「本当に……？　怒らないの……？」
「怒らないって」
「慰めてあげるって言ったの、私たちなんだから。……うふ。どう、笙太くん？　スッキリした？」
僕は二人にしてもらったことを思い出して顔を真っ赤にしながら、頷いた。
「それじゃ笙太くん。こういうこと梓お姉ちゃんにもされたい？」
「え……あ……」
そんなこと絶対にあるわけないけど。でも……頷いた。お姉ちゃんが、僕のおちんちんをぺろぺろしてくれる？　そんなのを考えたら、もっと顔が赤くなった。
「笙太くんは、お姉ちゃんのこと大好き？」
どうして保奈美さんは、そんなことを聞いてくるんだろう？
「それとも嫌いなのかな？　すごく冷たい態度とってるし」
「ううん！　あれは……僕が悪いから……僕……僕は……」

保奈美さんと夏樹さんを見ながら、僕は本当の気持ちを言っちゃった。
「お姉ちゃんのこと……大好き……。すごく……」
それを聞いた保奈美さんと夏樹さんは、なんだか嬉しそうに頷きあっていた。
夕ご飯は一人で食べなさいってお姉ちゃんに言われるかと思ったんだけど、そうはならなかった。
台所にあるテーブルにお姉ちゃんと保奈美さんが作った（夏樹さんは、味見が専門だったみたい）ご飯が並べられ、僕もお姉ちゃんたちと一緒の食卓についた。
「梓も、保奈美も、料理うまいなー。いい嫁になるな」
「夏樹も一緒に作ればいいのよ」
「やめた方がいいわよ梓ちゃん。夏樹ちゃんて、勢いでお料理するから、キッチンがすごいことになっちゃうんだから」
楽しそうにお喋りしながらご飯を食べるお姉ちゃんたちの会話を聞きながら、僕はご飯を食べ続けた。
「笙太はご飯の時もおとなしいんだな？」
「私の作ったご飯、美味しい？」
「は、はい。すごく美味しいです」
保奈美さんも、夏樹さんも、僕にあんなことをしたのに普通にしている。僕はなんだか

恥ずかしくて二人の顔を見られないのに……。
「この子は、いつもこんなだから。あまりからかわないでよ」
チラッと僕を見たお姉ちゃんは、やっぱりなんだか怒ってる。白いおしっこの匂いがしてるのかな……。
「ねえ梓ちゃん。弓道部の合宿って、いつなの？　前に言ってたよね？」
「え？　ああ。んーと、再来週からね。本当は断りたかったんだけど……」
「梓、部長だもんな。合宿を休めないよなー」
お姉ちゃんが弓道部なのは知ってたけど、部長だったんだ。知らなかった。
「憧れの部長様がお休みしたら、部員が合宿をボイコットしちゃうわよ」
「うんうん。部長様と一緒にお風呂に入るの楽しみにしてる女子もいっぱいいるからな」
「ちょ、ちょっとやめてよ」
お姉ちゃんが笑いながら二人に怒った。
「その間、悪いんだけど……この子をよろしくね。部屋にいさせるようにするから。いいわね笙太？　私が合宿の時は、二人の言うことを聞くのよ？」
「う、うん。お願いします……」
僕が頭を下げると、保奈美さんと夏樹さんはすごく嬉しそうに頷いた。一瞬だけ、保奈美さんが僕をエッチな目で見たような気がして、おちんちんが変な感じだった。

＊　＊　＊

保奈美さんたちが家に来てからあっという間に三日が経った。
あんなことをされて、おちんちんがいつもムズムズするようになっちゃった。でも、あの日以来、保奈美さんも、夏樹さんも、ボクの部屋にやってくることはなくて。
でも時々、二人で僕とお姉ちゃんを見て、こっそり話してるのを見るのだけど、なにを話しているんだろう？
それにしても……二人が来てくれて、お姉ちゃんはすごく楽しそうだ。もしも僕と二人きりだったら、こんなに笑ってくれなかったんじゃないかな……。

「ただいまー」
「おー、帰ってきたな？」
学校から家に帰ると、夏樹さんの声がリビングから聞こえてきた。いつもなら、そのあとにお姉ちゃんか、保奈美さんの声が続くんだけど。声は夏樹さん一人。
「ちょっと来いよー」
いつもはお姉ちゃんの言いつけを守って、学校から帰ったらまっすぐ部屋に入ってるんだけど、夏樹さんに呼ばれたので知らないふりはできない。
僕は靴を急いで脱ぐと、リビングに入った。

「なんですか夏樹さん？　……あれ？　お姉ちゃんは？」
「梓はまだ弓道部で練習中。遅くなるかもって言ってたな。保奈美は彼氏とデート中」
彼氏って……好きな人のことだよね？
「好きな人がいるのに……僕にあんなことをしてくれたんですか？」
「ん？　それ笙太にいいことしてあげるのとなにか関係するか？　アタシも、保奈美も、男子で楽しんでるからさ。色々と」
「そう……なんですか？」
夏樹さんがなにを言ってるのか、よく分からない。でも、ニヤニヤと笑ってるから、ちょっとエッチなことなんだろう。
「まあ、そんなわけで、しばらく二人きりなんだよ」
そう言うと夏樹さんは両手を持ちあげ「んっー」と言いながら背伸びをした。反動で大きなおっぱいがぷるんっと揺れる。あのやわらかいのが、この前、僕の身体に押しつけられていたんだなあ……。お姉ちゃんのはムニュムニュしてたけど、夏樹さんのはすごくぷるぷるしてて……。
「こら笙太。なーにガン見してんだ？　そういうのは、チラチラ見るもんだろ？」
「ふわ!?　あ……ああ、ご、ごめんなさい……」
目の前にあるおっぱいから目が離せない。夏樹さんが笑ってるから良かったけど……。ほ……。

――ポーンッ♪
ソファーに置いてあった夏樹さんのスマホが音を鳴らした。
「ん？　来たかな？」
夏樹さんはスマホを手に取ると、おっぱいを揺らしながらソファーに浅く座って、背もたれに腕をかけて座った。
「お。やっぱり。んーと……。はあ……？　おいおい……」
なにかメッセージが届いたみたいですごく困ってる。チラッと僕の方を見ると、すぐにスマホの画面に視線を移した。
「んー……。丁度いいタイミングだけどさ」
今度は壁にかかってる時計を見て、そんなことを呟いた。
「はあ。しゃあない。そのために来たんだからな」
夏樹さんはそんなことを言いながら、スマホをテーブルの上に置いた。そして、ソファーに行儀悪く座り直し僕を見る。
「なあ、笙太」
「なんですか？」
「お前さ、おっぱい、好きか？」
「ふえ⁉」
いきなりの質問に僕は声が裏返ってしまい、すぐに返事ができない。でも、そんなこと

言われたら、また夏樹さんのおっぱいを見ちゃうよぉ……。
「ハハ……。聞くまでもないか。ちょっとこっち来い」
「ひゃ……ひゃい……」
僕は甘い匂いに誘われた虫みたいにふらふらと夏樹さんに近づき、ソファーの前に立っていた。
なにをするんだろうと僕が見ていると、夏樹さんはからかうように笑いながら、シャツのボタンに指をかけ、あっというまに前をはだけてしまった。シャツの下の黒いブラジャーは、大きくて良い形のおっぱいをしっかり包んでる。
「よく見てろよ?」
友達が僕にイタズラする時みたいな顔をして、夏樹さんはブラジャーに手をかけた。
「ほら」
と言って、黒いブラジャーを持ち上げた。瞬間、すごく弾力のあるおっぱいがぷるるんっと震えて飛び出し、目の前で大きく揺れてる。
「わ……わわわ……」
僕の視線は夏樹さんのおっぱいに集中し、視線が動かせない。
「あーあー、そんなに一生懸命見て。触ってもいいぞ?」
「ふえ!? え……え……? な、なんでですか……?」
おっぱいを見せてくれて、触ってもいいなんて。僕は手のひらを空中でふわふわと漂わ

せたまま、固まってしまった。
「まあ……。こっちにも色々都合があってな。それとも、アタシの触りたくないか？」
「い、いえ!!　さ、さ、触りたい……です」
「じゃあ、いいぞ。あ、でも、痛くするなよ？」
「は……はい……」
僕はゴクリと唾を飲み込んだ。音がすっごく響いたので、夏樹さんが笑う。
「そんなに緊張するなよ。ほら……触れ」
夏樹さんは胸をグイッて突き出して、僕に近づける。僕はゆっくりと手を伸ばして、二つの大きなおっぱいを下側から持ち上げるように触った。
「うわ……うわわわ……」
やわらかいお肉が手のひらにずっしりとのっかり、指が食い込んでいく。おっぱいって、こんなに重いんだ。お姉ちゃんのを触る時は仰向けだから、重さを感じたことなんてなかった。
「指を動かしてもいいんだぞ？　触るだけじゃなくて」
「は……はい……」
大きな夏樹さんのおっぱいを、ゆっくりと指で掴んだ。重くて、やわらかくて、肌が吸いついてくる。ああ……。すごい……。
「約束どおり優しく触るんだな笙太は。保奈美や梓より小さいけど、結構なもんだろ？」

僕はおっぱいをぐにょぐにょと揉みながら大きく頷いた。
もう少し指を動かすと、おっぱいの形がちょっと歪む。その動きに合わせてピンク色の乳首も右に左に揺れた。お姉ちゃんのとは乳首の形がちょっと違うみたいだ。色も、夏樹さんの方が赤っぽい。
「ふーん。今度は乳首か？」
「ふあ!?」
やっぱり僕をからかうように夏樹さんは言う。
「そこもいいぞ。触ってみたいんだろ？　でも、先っちょはもっともっと優しくだからな？　すごくデリケートなんだから」
「は、は、は、はい!!」
って返事はしたんだけど。やわらかいおっぱいから手を離したくないなぁ。でも、ぷくってなってる乳首は触ってみたい。寝ているお姉ちゃんのを一度、服の上から触ったことがあったけど、すごく動いてびっくりして逃げ出したことがある。
女の人のとってても敏感な部分だっていうのはすごく分かったんだけど……。そうだ。
「え……？　おい、笙太……？」
僕は夏樹さんのおっぱいに顔を近づけて、乳首をぱくっと唇で咥えた。
「ふわ!?　お、おい……口かよ……」
「ひひぇまへんは《いけませんか》？」

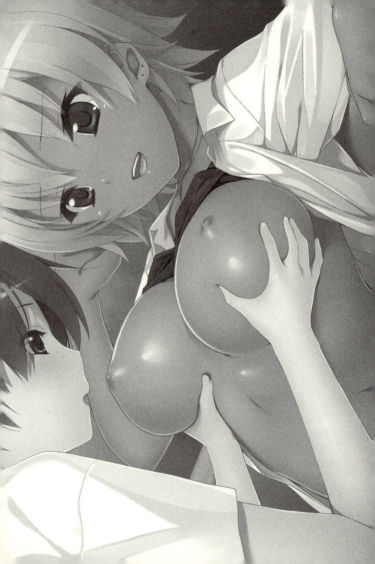

「いや。……男って、そういうの好きみたいだから。吸っていいから」
「ひゃ、ひゃひ……ちゅ……んっ……チュ……」
僕は赤ちゃんみたいに夏樹さんの乳首を吸った。表面は少しザラザラしてて、結構弾力があって。根元から唇で挟んで吸ってみると、なんだか気持ちいい……。
「ちゅ……ちゅ……ちゅ……」
「夢中になってるな。ふふ……笙太は、可愛いな」
夏樹さんが僕の頭を撫でた。なんだか赤ちゃん扱いされてちょっとイヤだけど、おっぱいを吸うの……なんか美味しい。お乳が出たりしないけど。
「ちゅ……んっ……ちゅっ……」
でも唇だと味が分からないから、僕は乳首を吸いながら、先端を舌の先でペロッと舐めてみた。
「ふひゃん⁉　こ、こら……いきなり舐めるな……」
「だめれふか……？」
「いや……。好きにしろ……。く……は……」
おっぱいを吸われても余裕な態度だった夏樹さんが、ペロッとされただけでエッチな声を出した。この前、夏樹さんは僕のを気持ち良くさせてくれたし、そのお返しになるかな。
それに、もっとエッチな声って……聞いてみたい。
「ぴちゃ……んっ……ちゅぶ……んっ……」

口の中で大きくなってる乳首の先っぽを舐めたり、側面をペロペロしたり。大きなおっぱいをモミモミしながら、夏樹さんの美味しい乳首を吸って、いっぱい舐め回す。

「くはっ！　あっ……くっ。はっ……あっ……あっ……くぅ……んっ……」

「ぴちゃ……んっ……ちゅ……んっ……」

「くっ……はぁ……あっ！　笙太ぁ……。意外と……う、うま……っ。くぅっ！」

乳首がすっごくカチカチになって、消しゴムみたい。これって、僕のおちんちんと同じで、エッチな気持ちになると硬くなるんだ……。僕は、もっと夏樹さんに喜んでもらおうと、硬くなったところを何度も何度も舐めた。

「ぺろ……ぴちゃ……んっ……んぐ……ぴちゃ……んっ……」

「ふあっ！　くぅ！　あ……あぁ！　しょ……たぁ……。く……んっ！　んンっ！」

夏樹さんはいっぱい気持ち良くなってくれてるみたい。僕もカチカチにしながら、ペロペロを続けた。

「くちゅ……んっ……ちゅ……ちゅっ……んっ……」

「はぁ！　あぁ！　いっ……んっ！　んっ！　んっ！　んンっ！　ンッ！」

夏樹さんの声が大きくなったと思ったら、身体をちょっと動かした。その瞬間、口の中で乳首の位置が少しずれて、歯と歯の間に入り、ほんの少しだけ噛んじゃった。

コリッていう、やわらかい感触が口の中に広がったら……。

「あっ⁉　バカ⁉　甘噛みしたっ……⁉　らっ！　あっ！　あぁっ！　い、いっ、イッ！

押しつけるなって」

「こらこら笙太。アタシの脚に、そんな硬いの

ると、またおちんちんがズキッとする。

いおしっこが出たのかな？　そんなことを考え

そ、そうなんだ……。じゃあ、夏樹さんも白

時みたくなるんだよ。それが、イクってことだ」

すっごく気持ち良くなると、笙太が白いの出す

「はは、そうか。それも初めてだよな。女はな、

ですか？」

「イかせる……？　夏樹さん、どっか行ったん

さんを見上げた。

また頭を撫でられて、僕は乳首を離して夏樹

テクニシャンなんだ……。お前は……」

けで、女をイかせるなんて……。どんだけ……

「あっ……あっ……。も……う……。乳首だ

もすっごく気持ち良さそうな声をあげた。

いきなり夏樹さんが、とっても苦しそうな、で

「イックぅぅ!!　んっ!　くぅぅぅ!!」

「ふあ!? あ……あ……。ごめんなさい」
謝ったら、すぐに夏樹さんの手が、僕のズボンの膨らみに手を添えた。
「また、この前みたく、白いおしっこ……出したいか？」
「ふあ……」
夏樹さんの手が、ズボンの上から僕のをなでなでしてくれる。それだけで出ちゃいそうだ。でも、できたら……直接触ってもらいたい。
「だ、出したいです……」
「そうか。じゃあ……アタシが……」
「たっだいまぁ～♪　梓ちゃんと一緒に帰ってきたわよぉ～♪　あらあらー!?」
リビングのドアが開いて保奈美さんが驚いた顔で立っていた。その後ろには、お、お姉ちゃんが……いる。
「おう、お帰り。ちょっと、やばいところ見られちゃったな」
「わ……わわわ……」
僕は慌てて夏樹さんから離れたけど、両手はまだおっぱいを触ってるし、夏樹さんの手は僕のお股を撫でてる。その姿を、お姉ちゃんはしっかり見てる。
「な、夏樹!? なにしてるの!?」
お姉ちゃんが保奈美さんを追い越してリビングに入ってきて、すごく怖い顔で夏樹さんと僕を見る。

「んー？　おっぱいに興味があったみたいだからさ。触ってみるか？　って」
「な、なんてことさせるのよ！　その子に、そういうのは早すぎるわ！」
お姉ちゃんの大きな声に僕はビクビクしてしまうのに、夏樹さんは全然平気で、おっぱいをしまいながらため息をついた。
「いいじゃんか。減るもんじゃないし」
「あのねえ……！」
「まあまあ。落ち着いて」
お姉ちゃんがますます怒りそうだったところに、保奈美さんが間に入った。
「筆太くんだって、年頃の男の子だもの。そういうの、興味あるわよ～」
「知ってるわよ、そんなこと！」
「え？　知ってる？」
保奈美さんが尋ねると、お姉ちゃんは「しまった」って顔をした。
「なんでもないわ。忘れて今のは」
「ふーん……？」
お姉ちゃんは顔を赤くして、保奈美さんを見てる。
「まあ、いいけど。ええと、さっきも言ったとおり、男の子なんだから、女の子の身体に興味持つのは当然よね。『姉』としてはツラいかもしれないけど」
「だから、早いって言ってるのよ……」

「早いも遅いもないわ。実際、笙太くんは興味持っちゃってるわけだし。それで夏樹ちゃんが見せてあげるってなったら、二人の自由じゃない？」
「そうそう。笙太が見たがって、触りたがったんだからさ。アタシは、そういうことさせてあげたかったんだよ。別に無理にされたわけじゃないし？　なんか問題あるのか？」
保奈美さんと夏樹さんの声は穏やかだったけど、お姉ちゃんは段々と言い返せなくなっていく。
「それはそうだけど……。でも、ダメったらダメ！」
「はあ……もう」
大きくため息をついた保奈美さんが、お姉ちゃんの顔をからかうように見た。
「頑固ねえ。笙太くんに、エッチなことをさせたくない特別な理由があるの？」
「え!?　な、なにを言ってるのよ！　そんなことないわ！」
「だったら、いいよな？　明日も、アタシのおっぱい触らせても」
「ダメよ！　そんなことさせないで！」
三人のお姉さんたちの会話に、僕はなにも言えず、キョトンとしながら立っていた。たぶん、僕が夏樹さんのおっぱい、触っちゃったからお姉ちゃんは怒ってるんだよね……。僕、お姉ちゃんに謝ろう……かな。
「あの、お姉ちゃん……」
「……アンタは黙ってなさい。部屋に戻って」

「えと……あのね……あの……」
「お姉ちゃんの言うこと、聞けないの？」
「……はい」
結局、僕はなにも言えないまま、自分の部屋に戻った。おちんちんを大きくさせたまま。

＊　＊　＊

次の日の学校で、僕はとっても困ったことになった。
「どうしたんだよショータ？　ずっと座りっぱなしじゃん？」
「おなか痛いの？　保健室に行く？」
昼休みも外に出ないで、席に座ったまま、ずっと前かがみでいる僕を心配して、クラスの女子まで来てくれる。
でも、保健室になんか行ったら、先生にバレちゃう。僕のおちんちんが、すごく大きくなっちゃってることを……。
「大丈夫。大丈夫だから……」
僕は心配してくれるクラスメートに、そう言ってごまかし続けた。白いおしっこを出せば小さくなるんだけど、保奈美さんたちがいるから、夜、お姉ちゃんに抱きついてスッキリさせることができない。

保奈美さんと夏樹さんにペロペロしてもらって、いっぱい出たけど、あんなことをまたしてもらうなんて考えられない。

学校が終わってもカチカチのままで、お腹の下の方が痛くなってきた。放課後に友達と遊ぶのも断って、僕は家に向かう。歩いてる人に、おちんちんが膨らんでるのを知られないように、前かがみで歩いて。

「あれ？　笙太くんじゃない♪」

後ろから声をかけられて振り向くと、保奈美さんが手を振りながらゆっくり走ってきた。おっぱいがすっごく大きいから上下にぶるんぶるんと激しく揺れてる。

うわ……うわ……うわあ……。

そんなのを見せられて僕のおちんちんはますますカチカチになっちゃって、根元がすごく痛い……。

「あらー？　どうしたの？」

「え、えと……なんでもないです」

あれが大きくなってるのが保奈美さんに分からないよう、腰を引いた。でも……。

「うふふ、また私のおっぱい見てたわね？　もう、可愛いんだから♪」

「ふあ⁉」

保奈美さんがいきなり僕を抱きしめてきた！　保奈美さんの方が背が高いから、僕の顔

は大きな大きなおっぱいの中に埋もれちゃう……。
「むふぅ……んっ……ぷふぅ……」
や、や、やわらかい‼　すっごくふわふわして、マシュマロの中に入ってるみたい。
でも、でも、ここは外だから……。
「や、やめてくださいっ」
僕がもがくと保奈美さんは抱きしめるのをやめてくれたので、少し離れた。
「そんなに照れなくていいのにー」
「えと、そ、外ですから……」
「ふーん？　ふふ、じゃ、しょうがないっか。……でも、笙太くん？」
保奈美さんは僕の耳元に唇を寄せて、そっと囁いた。
「そんなに、ズボンの前を膨らませて、ちゃんと歩ける？」
「はうっ……」
大きくなってるの、分かってたんだ……。

家に戻ると、保奈美さんのスマホが鳴った。
「あれ……？　んーと、じゃあ、あと三十分くらいかなあ？」
画面を見ながら靴を脱ぎ、家にあがる。僕もその後に続いて、まっすぐ部屋に行こうと思ったんだけど……。

「まって笙太くん。お姉さんと、少しお話をしない？　大切なことなんだけど」
「え……お話……？」
お姉ちゃんから、あまり一緒にいちゃダメって言われてる。でも、大切なことって言ってるし。そのくらいなら……。
「じゃ、じゃあ、ちょっとだけ……」
「うふふ、嬉しい♪」
「わわ……」
保奈美さんは僕の手を取ってリビングに入っていった。
「保奈美さん、大切なお話って、なんですか？」
「んー、そうねえ。うん。とりあえずソファーに座って」
「はい」
僕が言われるままソファーに座ると、保奈美さんが正面に立った。見上げるとおっぱいが突き出ていて、顔がほとんど見えない。これじゃ、保奈美さんは自分の脚なんて見えないんだろうなあ……。
「また、おっぱい見てるなー？　でも、それでいいのよ。ふふ……」
「え？　わ、わ……ええ⁉」
保奈美さんは制服のボタンに手をかけると、あっという間に外してしまった。微笑みな

がらブラジャーをとると、服を持ち上げて、すっごく大きなおっぱいが出てきた。
す、す、すごい……すごく大きい。お姉ちゃんのよりもすごくて、僕の頭の方がぜんぜん小さい……。そんなに大きいのに丸くて、ピンク色の先端がぴょこんと可愛らしく揺れてる……。
「しっかり見ちゃってー。えいっ♪」
「ふわ⁉」
じっくりとおっぱいを見てると、保奈美さんは僕の前で膝立ちになって、やわらかい胸を僕に押しつけてきた。ずっしりと重さを感じるのに、ほわほわしてて、びっくりするくらいやわらかい……。
夏樹さんのは弾力あったけど、保奈美さんのはもっとずっとふにゃふにゃしてる。
「やわらかいでしょ？　触った人、みんな驚くんだから♪」
「は、はい……すごく。あ、じゃ……じゃなくて、だ、ダメです。こんなのぉ。お、お姉ちゃんに……叱られちゃう……」
「もう、また梓ちゃんなの？　今は、保奈美お姉さんとお話をしてるんだから。笙太くんの可愛いお顔、もっと見せて？　代わりに、おっぱいを好きにしていいからね♪」
おっぱいをムニュムニュと押しつけてきて、僕は逃げられない。やわらかくて、温かくて、すっごくいい匂いがする。
「あ、あの……。大切なお話って……」

「今から教えてあげるわ。とっても大切なんだから。……ねえ、笙太くん。キスってしたことある？」
「き、キス……？　唇をくっつける……のなら。お姉ちゃんと、前……ちゅっ、てするくらいなら……」
僕が眠れない時に、僕の唇にそっと「ちゅっ」してくれたことがあった。あの頃のお姉ちゃんは、本当に優しくて……。
「そう。でも、それはキスじゃないかなあ。本当の、オトナのキスっていうのはね？」
「はい……んむっ⁉」
僕が返事をしてすぐに、保奈美さんの唇が、僕の唇に押しつけられた。それだけじゃない。舌が、僕の口の中に入って、僕の舌をペロペロと舐め始める。
「んっ……ちゅ……くちゅっ……くちゅ……」
「ほ……ほひゃみ……ひゃ……はふ……」
舌が……僕の口の中でぐちょぐちょって言いながら動いてる。唾を吸われちゃって、歯をツンツンされて……。あ……いっぱい、僕の口の中ぁ……。
「じゅぶ……んっ……ちゅ……。これがね……本当の……ちゅぶ……オトナのキス」
「んっ……むぅ……はぁ……あっ！　あぁぁ！」
舌で弄られてるだけなのに……なにコレぇ……。すごくゾクゾクする。顔をずらしたり、舌を引っ込めても、保奈美さんのキスが追っかけてくる。いっぱい、いっぱい、キスされ

て、頭がなんだかボーッとしてきた……。
「うふふ♪　やっぱり笙太くん、可愛い♪　んちゅ……ぶちゅ……んっ」
「んぐ……ちゅ……んっ……」
口の中をいっぱいぐちょぐちょされて身体がゾクゾクしてると、保奈美さんの手が僕のズボンに触れた。そしてすぐにチャックを降ろしちゃう。
「ふわ⁉」
「ジッとしてなさい……。ちゅ……。あは♪　すっごい大きくなってるね♪」
保奈美さんはすごく慣れた感じで、僕のピンッてなったのを引っ張り出し、優しく撫で始めた。
「あ……あ……。保奈美さんっ⁉　だ……だめえ……」
「朝から、これ……カチカチにしてたでしょ？　ツラそうだから、一回、白いおしっこを出しちゃおうね」
「だ……だめえ……。あ……。ああ……。保奈美さんっ……」
本当はいけないことなのに。お姉ちゃんに叱られちゃうのに。僕は、保奈美さんが触りやすいように腰を前に動かしていた。あの気持ちいいことを、またして貰えると思うと、どうしても……そうなっちゃう。
「素直な子♪　お姉さん、好きよ♪」
保奈美さんは人差し指と中指で僕の先っちょを挟むと、軽く下に動かして、皮をペロッ

と剥いてくれた。空気がいきなり触れてなんだか涼しい……。
「すっごい膨らんじゃってるじゃない？」
「あ……あぁ……あ……」
細い指がおちんちんに絡みついてくる。「カリ」っていうところを人差し指がぐるっと囲んで、上下に動き出した。その途端、ビリビリッって電気みたいのが走る。
「ひゃうぅぅ！　ひゃうぅぅ！　あっ……あぁぁ！」
「いっぱいガマンしてたんだね。いいよ？　私の手の中に出しちゃって」
そ、そんなのできない……。エッチなことしたら、お姉ちゃんに怖い目で見られちゃう。
でも、でも……。
「う……うぅ。あ……もう、もう……。で、で、出ちゃうよぉぉぉ……」
「いいのよ。ほら。いっぱい、ぴゅーってしていいの」
「う、うん……。あ……あ……。ご、ごめんなさい！　あ……あっ⁉　あぁ‼」
すっごく気持ち良くなって、僕は保奈美さんの手の中に白いおしっこを、すごくいっぱい出してしまった。
「うわあ～。すっごい量♪　うふふ♪　気持ち良かった？」
嬉しそうに保奈美さんは僕の顔を見ながら、まだおちんちんを擦っている。
「は、はい……。あ……。あ……もう。は、放してぇ……」
「だーめ。まだ、いっぱい出したいでしょ？　ね？」

「は……ぁ。こ、これ……エッチなことですよね？　保奈美さん、彼氏って人がいるのに、こんなのぉ……」
「んー？　うふふ、それなら大丈夫♪　ちゅっ……んっ……」
また僕に「オトナのキス」をしてから、そっと唇を放した。
「私がね、そういう女の子だって、みーんな知ってるから大丈夫」
「そ……そういう女の子？」
「そうよ。私って、いいなって思った人とはすぐエッチしたくなっちゃうの。彼氏もそのこと知ってるし。ふふ、エッチするだけのお友達もいっぱいいるのよ」
ビックリした……。保奈美さんて、そんなにエッチな人だったんだ。
「驚いたみたいね？　私みたいな女の子を、悪い言葉でビッチって言うんだけど。梓ちゃんは、私がビッチだって分かってもお友達でいてくれるの。だから恩返しがしたくて」
保奈美さんは微笑みながら、僕の硬いのを上下に撫で始めた。
「あっ……あっ……。あっ……」
「梓ちゃんてば悩んでいたからね。夏樹ちゃんと一緒に、助けてあげようかなあっ……て。ふふ、すっごいカチカチ。熱いよー、筌太くんのココ♪」
保奈美さんの指に少し力が入って、ギュッと締めつけてくる。そのまま上下にゴシゴシと擦られて、なんだか……もっと気持ちいい。
「筌太くん……。私、エッチな女の子だから、筌太くんのしたいこと、なんでもしていい

んだよ……ほら……おっぱいも……ね」
やわらかいおっぱいを、またぎゅーって押しつけてくる。なんでもしていい？　でも、怒られちゃう……。でも……。
僕は「だめ」って思いながら、保奈美さんのおっぱいを触り、持ち上げるように揉みだしていた。
「あふ……。あ……。モミモミしてくれるの？　んふ……。いいよぉ。好きなようにしていいんだからね。筆太くん用のおっぱいだと思って……」
「は……あぁ……。あぁ……」
すっごく大きいのをそっと揉みながら、僕は知らないうちに、保奈美さんの手のひらにカチカチのを押しつけていた。
「あ……んっ。腰が動いてるよ？　もっと気持ち良くなりたいんだね？　いいよ。保奈美お姉さんが、エッチなこと……いっぱい教えてあげる。んっ……むぅ……」
「んっ……んっーー……ちゅっ……んっー」
保奈美さんはオトナのキスをしながら、僕の硬いのを撫でたり、擦ったりして、気持ち良くしてくれる。僕の腰は勝手に動いちゃって、手もおっぱいを揉むのが止まらない。
「ちゅっ……れろ……れろ……。筆太くん……気持ちいい？」
「はい……す、すごくぅ……」
胸がドキドキして、おちんちんがすっごく熱い。いっぱいオトナのキスをされながら、ま

して……」

「うふふ。いいよ……ちゅ。んっ……。見ててあげるから。白いおしっこ、ぴゅーって出たおしっこが出そうになってきた。

「はぁ……はぁ……。あ……保奈美さん……僕、出ちゃうぅ……」

を速くし、激しく擦ってきた。

保奈美さんは嬉しそうに微笑みながら手の動き

「あっ！　アァっ！　そんな擦られたら……！　あぁぁ！　出るぅ！　出ちゃうぅ！

出ちゃうよぉぉぉ!!」

「いいわ……出して。あ……あぁ……。すごく硬いぃぃ！」

「んっ！　んっ！　んっーーー！」

ぴゅっ、ぴゅーって白いおしっこがすごい勢いで飛び出した。勢いが良すぎて、保奈美さんのおっぱいや身体にかかっちゃって、僕は慌てた。

「あふぁ！　ごめんなさいぃ！　お、おしっこ……かかっちゃった……ぁ……」

「いいの……。白いの浴びるの……好きだから。うふふ……。元気、元気♪」

白いおしっこが好きってなんだろう……。って、僕が考えていると、保奈美さんは自分のおっぱいにかかった白いおしっこをペロッと舐めた。

「ええ!?　ちゃ、ちゃんとティッシュで拭きますから、舐めるなんて……」

「んふ……。エッチな女の子はね、これ舐めるのが大好きなの……ぴちゃ。ぴちゃ。んっ……ぴちゃ……」

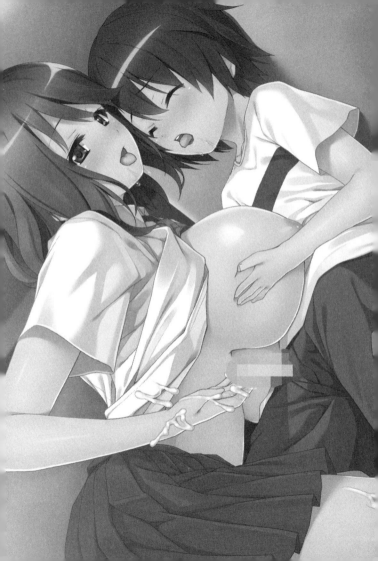

おっぱいを持ち上げて、くっついてる白いのをペロペロ舐めるのが……とってもエッチだ。いっぱい出したのに、また硬くなっちゃう……。保奈美さんは僕のを握ったままだから、またカチカチになりだしたのを知られちゃう。

「ほんと元気だねえ。筆太くんの、コレ♪」

握ったまま、また上下に動かしたので、背中にびくびくって電気がまた走る。これじゃ、白いのがもっと出ちゃうぅ……。

あれ……なんで、保奈美さんと、こんなエッチなことをしてるんだっけ？　あ、えと。そ、そうだ……。

「ほ、保奈美さん。最初に言ってた大切なお話って……なんですか？」

「え？　あ……あはは」

保奈美さんはまた身体をギュッと押しつけて、僕の頬にチュッとした。

「筆太くんのココって、カチカチになること多いみたいだから。自分の手で、こうやってゴシゴシするのを教えてあげようと思ったの。手コキって言うのよ」

「手コキ……」

そ、そか……。これなら僕、自分でできる……。

「しかぁ～し！　筆太くんは手コキ禁止だからね♪」

宣言してから、保奈美さんは僕の顔を微笑みながら見つめた。

「筆太くんは自分でするなんて、しちゃダメ。出したくなったら、私に言うのよ。保奈美

お姉さんが、いつでもシコシコってして、気持ち良くしてあげるから。ね？」
「は……はう……」
こんなキレイで、おっぱいの大きな人に、白いの出してもらえるなんて。とってもドキドキしちゃう。
でも、でも……。そういうのは、本当はお姉ちゃんに……してもらいたい……。
「あら？ また梓ちゃんのこと考えてるわねー？ もう、ほんっとに可愛いんだからぁ♪ お姉さん、もっと気持ちいいことしてあげたくなっちゃうじゃないのー」
保奈美さんは僕の硬いのから手を放し、スカートをめくった。そして、小さなパンツに指をかけて、降ろそうとしてる。
「も、もっと、気持ちいいこと？」
「そうよぉ……。もっと、もーっと、気持ちいいこと……。笙太くんの可愛いのシコシコしてたら、保奈美お姉さん、欲しくなっちゃったなぁ……」
「欲しい……？ え……？」
保奈美さんの目がエッチになってる。今までみたいなからかう感じじゃなくて、僕を呑み込みそうな、とっても……エッチな……。
「セックスって知ってる？ 女の子の、エッチな穴にね……笙太くんの、硬いのをずぶーって挿《い》れるの……」
友達が、そんな話をしていた。すごく気持ちいいって。それって、手コキより気持ちい

いのかな……。

「ね……？　しちゃおう？　保奈美お姉さんとセックス……」

保奈美さんは腰を持ち上げると僕の硬いのを掴んだ。そして、今度はゆっくりと腰を降ろしていく……。

「たっだいまぁ～♪　おやー？　保奈美なにしてるんだー？　……って、おい保奈美！　それはやりすぎだろ！」

「ふあああ⁉」

リビングのドアが開いて、夏樹さんが立ってた。その後ろには……お姉ちゃん。

昨日と同じように、エッチなことをしてるの……見られちゃってる。保奈美さんは、夏樹さんみたく隠そうとしないし……。

「えー？　なんで帰ってくるのよー。これから、すごくいいこと教えてあげ……」

「教えないで、そんなことっ！」

お姉ちゃんが夏樹さんを押しのけてリビングに入ってくると、すぐに保奈美さんを捕まえて、僕から引き剥がした。

「笙太！　アンタはまた私の言うこと聞けなかったの‼」

「ごめんなさい……」

「ダメって言ったじゃない！　そういうのは‼」

ボッキしたのを僕は手で隠しながら、謝った。お姉ちゃん、やっぱり怒ってる……。

「梓ぁ、そんなに怒るなって。昨日も言ったろう？　筆太も、そういうのに興味があるお年頃なんだってば。筆太が誰とエロいことしようと梓には無関係だろ？」
「そうそう。私、筆太くんのこと気に入っちゃった♪　じゃあ、お部屋でお姉さんともっと気持ちいいことしよっか？」
「だめよ！　ダメったら、ダメなの！　この子には！　もう、筆太！　いらっしゃい！」
お姉ちゃんは保奈美さんたちと僕の間に立つと、僕の腕を掴んで勢いよく歩き始めた。

「もう保奈美と夏樹に誘われても、エッチなことしちゃダメ」
お姉ちゃんが入ったのは僕の部屋。二人並んでベッドに座ってるけど、お姉ちゃんはすっごい怖い顔をしてる。お姉ちゃんと二人きりなのに。叱られるのはやだよぉ……。
「いい？　約束よ？　いいわね？」
「う、うん」
お姉ちゃんに肩を掴まれて強く言われたので頷いちゃった。
夏樹さんのおっぱいも、保奈美さんのおっぱいも、もう触っちゃダメなのかな。二人にペロペロしてもらったり、手でゴシゴシしてもらったの、すごく気持ち良かったんだけどなあ……。

約束をしたその日から、僕はなるべく頑張った。

「笙太ぁ♪　ほらほら、大好きなおっぱいだぞ？　揉んでも吸ってもいいぞ？」
「硬くなったの、シコシコしてあげようか？　あ、それともお口でする？」
僕と二人きりになると、夏樹さんや、保奈美さんが僕を誘ってくる。そんなこと言われるだけでおちんちんがピーンッてなっちゃうから、すぐに部屋に逃げ込んで鍵をかける。
「こらぁ！　笙太ぁ！　一人でシゴいたりしたら、許さないぞ！」
「もぉ～。お姉さんが優しくゴシゴシしてあげるのにぃ～」
部屋の外から甘い声で誘われて、おちんちんがもっとカチカチになっちゃう。
「はうー。約束があるから、だ、だめですー！」
僕は布団の中に隠れて、二人が諦めるのを待つしかなかった。

★☆★ 梓のつぶやき ★☆★

部活が終わってから家に戻ると、保奈美と夏樹がいなかった。彼氏と久々に遊ぶとか言ってたから、あの二人が男の子と「遊ぶ」っていうことは……。きっと帰ってくるのは夜遅くなってからだろう。
笙ちゃんは私との約束を守ってリビングにいない。たぶん、部屋にいるのだろう。私の言うこと守ってくれる、とっても良い子……。可愛くてたまらない。

「筆太？」

筆太の部屋のドアをノックしてみたけど、返事がない。

「私よ。入るからね。……あら？」

ドアを開けて入ってみると、筆ちゃんはベッドの上でくーくー寝ていた。学校で遊んで疲れちゃったのかもしれない。やっぱり……可愛い。

「あ……」

仰向けで寝てる筆ちゃんの股間が大きく膨らんでいる。硬いのって、すごくツラいらしいよって保奈美が前に教えてくれた。

経験はないけど、筆ちゃんのなら自分の中に挿れちゃいたい。この子のを私のアソコで慰めてあげたい……。

でも、分かってる。実の姉にそんなことされたらすごくショックだろう。気持ち悪いとか言って泣き出すかもしれない。

「よいしょっと……」

ベッドの横に正座して筆ちゃんの顔を覗き込む。睫毛が長くて、唇はほんのりピンク色。男の子なのに、どうしてこんなに可愛いんだろ？

枕の下に手を挿し込んで、弟の頭を持ち上げた。おっぱいを静かに押しつけると、乳首がもっと硬くなる。

「あふ……んっ……あ……」

笙ちゃんの寝息がおっぱいに当たって温かい。乳首を出したらちゅーちゅー吸ってくれないかな……。

私はそんな邪《よこしま》な気持ちを抑え込んで、左手で笙ちゃんのズボンを下げた。

保奈美と夏樹にエッチなことを教えられて、笙ちゃんは射精の気持ち良さを覚えちゃってる。なのに私が強く言ったから、ガマンしてくれてるんだ。

「ごめんね。お姉ちゃんが……出してあげるからね……」

パンツの中から可愛いく尖ったのを取り出して、指を絡めた。笙ちゃんのに、こんなとするの……ううん、男の子のあれを触るなんて初めてだけど……すごく熱いんだね。

「か、硬い……。あ、そうだ……皮を剥くとか言ってたわね……」

保奈美と夏樹が学校でしてる、エッチな話を思い出しながら、中指と親指で皮を引っかけて、静かに剥いた。

「あ……ふ……んっ……んー……」

笙ちゃんが声をあげたので手を止めた。しばらく見てても起きないみたいなので、皮をもうちょっと剥いてあげる。

「あ……出てきた」

ピンク色の丸い先端が出てきた。先頭から根元に向かって広がり、途中でくびれてる。これホーケイっていうんだよね？　男の子はすごく気にするって夏樹が言ってたから、姉の私が治してあげないと……。

ピクピク動く硬いのをキュッと握り、指全体を絡みつかせるようにして、上下に静かに擦り始める。

「ん……んっ……。こう……かな？」

気持ち良いのかな……。こうしてお汁を出してあげないと、保奈美と夏樹の誘惑に負けちゃう。あの二人は友達だけど、筆ちゃんに悪いことを教えられるのは困る。

夏樹も、保奈美も、男の子が喜ぶことたくさん知ってるんだもの……。二人に夢中になったら、筆ちゃんは私のこと……。

シュッ、シュッと音をさせながら、手首を支点にして可愛いのを擦り続けた。ほんのちょっとだけやわらかさもあったのに、どんどん硬さが増して、すごくカチカチになった。

先端もぷっくり膨らんできて、おしっこが出る穴が広がってる。

「はぁ……感じてる？　筆ちゃん……お姉ちゃんで気持ち良くなってるのかな？」

乳房を筆ちゃんの顔に押しつけながら、左手を動かす。熱くて、硬くて……男の子の匂いがすごくしてくる。それを嗅ぐだけで私の乳首がぷくっとなり、アソコからはエッチな汁が滲み出していた。

部屋に戻ったらオナニーしなくちゃ……。

ホントは、この硬いのを……押しつけたい。私のアソコに。大好きな筆ちゃんのを食べてあげたい……。でも、だめ……そんなこと。

エッチな気持ちと、泣きそうな気持ちが混じり合って、切なくなる。

「はぁ……はぁ……。筝ちゃん……。誰にも……。渡さないんだから……。私の筝ちゃん。

好きよ……。ああ……ああ……。すごく硬い……」

何度も何度も擦っているうちに筝ちゃんの息が荒くなってきた。

「はぁ……はぁ……。はぁ……」

ちょっと苦しそうな、でも、気持ち良さそうな顔。あれがもっとビクビクしてきた。こ

れ……もしかして。おしっこの出る穴をジッと見つめると、そこがパクッと左右に開いた。

そして……。

「ん……んっ……んっ！んっ‼」

白い液がいっぱい飛び出し、私の手を濡らしていく。

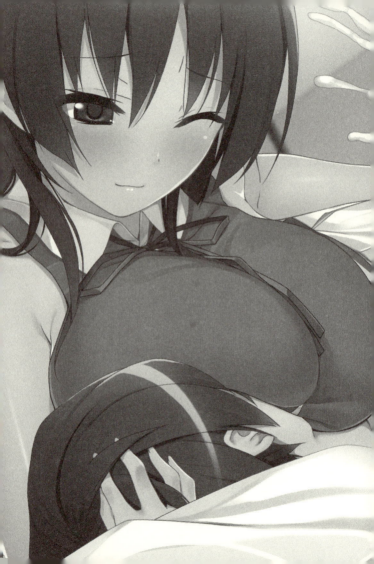

「わ……わ……。すごく、いっぱい出るのね……」
慌てておしっこが出る穴に手を添えて、ぴゅっ、ぴゅっと元気に飛び出してくる白いおしっこを手ですべて受け止めた。
「熱い……。笙ちゃんのネバネバ……。あ……あ……。これが……出したて……の匂い」
あの時から、笙ちゃんがパンツに出したのを何度も匂いを嗅ぎ、吸い出してきた。いま手のひらに溜まってるのは、笙ちゃんの中から出たばかりの新鮮なお汁……。
それが赤ちゃんを作るための液なのは知ってる。でも、それは……すごく笙ちゃんの匂いでいっぱい……。
「ふあ……。エッチな匂いがする……ぺろっ……」
大切な大切な弟が出した男の子の味。まだ温かさがあって、生の味がして……。
「ちゅる……じゅる……んっ……んっ……」
全部、口の中に含んでから飲み込んだ。美味しい……。笙ちゃんの可愛いおちんちんは、まだ気持ち良くして欲しそうだ。
口でする方法もあるって保奈美が教えてくれたけど……。それは恋人同士でする行為で、姉が弟にしてもいいのは……手で出してあげるのが限界だと思う。
「はぁ……はぁ……。笙ちゃん……。もっと、出そうね。お姉ちゃんが、もっと、いっぱいしてあげるからね……」
私は笙ちゃんの無邪気な寝顔を見つめながら、笙ちゃんのおちんちんに手を伸ばした。

「ふう。今日の宿題、おしまい」
学校から戻ると保奈美さんがリビングにいた。帰ってきた挨拶だけして自分の部屋に入り、宿題をやっていた。ちょっと前まで、保奈美さんたちは僕の部屋の前で、エッチなことをしてあげるって言ってくれてたんだけど——。
でも僕が頑張って断って、ドアに鍵もかけたから、もう僕のことを構うのは飽きたみたいだ。ホッとしてる……でも残念な気持ちもある。そんなこと言ったら、お姉ちゃんにまた叱られちゃうから絶対に言わない。
白いおしっこを出さないと、保奈美さんと夏樹さんを見ただけで、おちんちんがカチカチになったのに、最近の何日かは半分くらいしか硬くならない。こんなこと言ったら怒られちゃうけど、二人を見慣れたのかな……。
僕は明日の学校の用意をしながら、二人のことを考えていた。
「そういえば……」
昨日の夕ごはんで、保奈美さんたち、なんか変なこと言ってたよね？

夕ごはんの時、お姉ちゃんたちは学校のことやテレビ番組、スマホのことなんかを楽しそうにお喋りしてる。でも、昨夜はそんなのはなくて、保奈美さんと夏樹さんが、よく分からない、難しいことを話してた。

「あとはさー、きっかけだと思うんだよねー」

「その前にね、自信を持たせてあげればいいのよ。悪い方向にばっかり考えて、今がどんな感じか分かってないみたいだから」

夕ごはんの間、保奈美さんと夏樹さんが難しい話をしていた。僕は意味が分からないし、お姉ちゃんも首を傾げている。

「二人とも、なんの話？　テスト……じゃないよね？」

「まあ、気にしないで。私たちがこんなこと話してるのに、梓ちゃんも、笙太くんも、そんな反応なんだから……」

「まだまだだよなー。はー」

そう言って、夏樹さんはため息をつき、保奈美さんは僕たちを見て困った笑みを浮かべている。

お姉ちゃんと僕は、ますます分からなかった。

明日の学校の用意も終わったので、これからなにをしようかと考えていると、ドアがノックされた。

——コンコンッ

『笙太くぅ〜ん。宿題終わったー？』

廊下から声をかけてきたのは保奈美さんだった。いつものように優しい声。だからって、ドアを開けちゃいけない。

「はい。終わりました」

『そう。じゃあ、ちょうどいいわね。うふふ♪』

とても楽しそうな保奈美さんの笑い声が聞こえたと思ったら、鍵がカチャンと音を立てて開けられた。

「え、あれ⁉」

驚いてる間にドアが引かれて、笑顔の保奈美さんと夏樹さんが入ってきた。二人が来たので思わず僕は椅子から立ちあがっちゃう。

「いやあ、笙太の部屋の鍵探すの苦労したぞ」

「梓ちゃんたら、上手に隠すんだもの。ふあ……。夜更かしをした甲斐があったわ」

夜更かししたら、鍵が見つかるの……？

「あ、あの……な、なんですか……？」

二人が並んでドアの前に立ってるから、そこから逃げ出すことはできない。

どうしたらいいんだろう？　と困ってると、夏樹さんが持ってるスマホが鳴った。

「お？　ふんふん、いいタイミングだ。学校の友達から連絡来たぜ。そろそろ始めていい

みたいだぞ」
「助かるわね。あとでお礼言わないと。さーてとぉ～♪　笙太くん♥」
保奈美さんが、ニコニコ微笑みながら僕に近づいてきた。
「たっぷりとお預けさせやがって。今日は、徹底的に搾り取ってやるからな♪」
夏樹さんは腕まくりをして、歩いてくる。
「え……えと……えと……」
二人とも嬉しそうに笑ってるのに、なんか迫力がある。
「そうね。一滴残らず、吸い尽くしちゃうんだから♪　えい！」
「ふわ!?」
保奈美さんがぴょんと飛んで僕に抱きついてきた。大きなおっぱいに顔が覆われ、前が見えなくなる。
「ふわ……ふわわ……。ほ、保奈美さん……エッチなことは……だ、だめえ……」
「ダメじゃねーよ。まったく、鍵なんてしやがって。覚悟しろよ笙太！」
夏樹さんは僕の後ろに回って、ズボンに手をかけた。
「あ、夏樹さん……!?　だめえ！」
「だめって言うのが……ダメだ！　うりゃっ！」
ズボンとパンツを同時に足首まで下げられちゃった。まだボッキしてないおちんちんが、二人にまた見られちゃう。逃げたくても、保奈美さんに抱きしめられてるから、動けない

……。僕の力じゃ逃げさせないよー。

「あーん、もー。筆太くんたら。ギュッってしてるのに、半分しか勃《た》ってないのねー」

「はぁ〜、かなり搾ってるんだなー。白いの残ってるかー？」

「あの子、昨夜はしなかったみたいだから、大丈夫よ」

な、なんの話をしてるんだろう……。搾るとか……。そんなこと考える前に、逃げないと。このままじゃ、二人に……。

「あの、あの、お姉ちゃんとの約束ぅ……」

「いいから、いいから。男の子なんだ、たまにはルール破りもしろよ」

「そうよ。今日は、いっぱいすごいことしてあげるんだから。夏樹ちゃん？」

「おう」

保奈美さんの合図にあわせて夏樹さんが僕の背中に抱きついて、二人の力で僕の身体を持ち上げた。

「わ……わ……うわわわ……」

やわらかいおっぱいが顔にぎゅーぎゅー押しつけられて、甘い匂いもしてくる。ボッキしたらいけない！　って、思っても……おちんちんが硬くなっちゃった。

「お？　筆太もやる気出てきたな♪」

「そうみたいね♪　じゃ、ここで……」

僕の身体がベッドの上にそっと置かれた。と、思ったら、夏樹さんが僕の足首を持って、

左右に大きく開く。

「わ!? わわわ!」

さらに夏樹さんが僕の腰を持ち上げた。頭を下にして、変な格好で逆立ちをさせられる僕。前後を二人に挟まれてるから、僕のおちんちんとお尻が二人によーく見える格好になってしまった。

「可愛いぃ～♪ 笙太くんのお尻ぃ～♪ 真っ白ぉ～♪ キレイだねー」

「男の子だからマングリ返しじゃなくて……チングリって言うのか? ふふ、こっちは、やる気出していいていい感じだぞ」

夏樹さんが僕のカチカチを摘まむと、グイッと持ち上げた。

「んー? ずいぶん剥きグセがついてるじゃん。簡単に剥けるぞ?」

「包茎は良くないよって、教えてあげたからね。一生懸命、治してあげてるのよ」

「へー。さすがだなー」

は、恥ずかしい。めちゃくちゃ! 夏樹さんが僕のおちんちんを摘まみ、保奈美さんは僕のお尻をギュッと掴んでる。下半身を二人に好きに弄られちゃって……。

「あ、や、やめてください……い」

「やめないわよ。今まで隠れやがって……久々に味見するからな。ぴちゃ……んっ」

「そうそう。笙太くんの可愛いの、触りたかったんだから」

「ひゃっ! うぅっ!」

　夏樹さんの舌がおちんちんの先っぽを
ペロペロし始めた。初めての時と同じよ
うに舌を動かし、絡みつくように舐めて
くれる。

「あっ……あっ……。夏樹さん……んっ。
はぁ！　あっ……あぁ……」

「おお？　いい反応だな……ぴちゃ……
んっ……。やっぱり笙太のコレ、アタシ
の好きな味だ……ぴちゃ……んっ……ん
っ……」

　おちんちんがビクビク反応して、ペロ
ペロされるのを喜んでる。白いおしっこ
がすぐに出ちゃいそうだったけど、頑張
ってガマンした。

「うふふ。夏樹ちゃんにペロペロしても
らって良かったわね――。じゃあ、保奈美
お姉さんはね、こっちを舐めてあげる……
ぺろ♪」

「きゃふぅんっ！」
びっくりすることをされて、僕は女の子みたいな声を出しちゃった。
「あんっ♪　声可愛いすぎよー。うふふ♪　アナルを舐められるの……そんなに気持ち良かった？」
「あな……るぅ？」
「笙太くんのぉ、お尻の穴よぉ。ほら……ここぉ。ぴちゃ……ぺろ……んっ……んっ。ほら……気持ち良いのかな？　ぺろ……ぴちゃ……っ」
「わ、分からないですぅ……。あっ……あっ……あぁ！　くぅぅ！」
おちんちんを夏樹さんにペロペロされて、保奈美さんは僕のお尻の穴を舐めてる。なにこれ……なにこれぇ……。恥ずかしくて、ゾクゾクして、すごく変だよー。
「なんだ笙太？　アナル舐められて感じてるのか？　先っぽがビクビクしてるな？」
「そうなんだ。うふふ。じゃあ……もっといいことしてあげるね？」
「ひゃう……？　く、くひぃぃぃぃん！」
よく見えないけど、保奈美さんの舌が、あ、穴の中に入ってきちゃった！　中に入り込んで、ぐにぐに動いてる……。変な気持ちがするぅ……。
「だ……めぇ！　ほ、ほじらないでぇ……あっ！　あぁぁ！」
「笙太、大喜びだな。また大きくしてるじゃないか」
「よ、喜んでないよぉ……あっ！　あぁ！　また、また動いてるぅぅ！」

お尻の穴が広げられちゃって、ほじられちゃって……。は、恥ずかしい。恥ずかしいよぉぉ……。

「アナル感じてるみたいだから、こっちをもっと気持ち良くしてやろうな？」

「え……？」

夏樹さんは僕の顔を見て微笑むと、カチカチのおちんちんをいきなりパクッと食べてしまった。

「ふああ!? た、た、食べてるぅ……僕のぉ……」

「噛まないはら……らいじょぶだ……ちゅぶ……んっ……。じゅぶ……じゅぶ……」

夏樹さんの口の中に先っぽが咥えられて、舌でペロペロと舐められる。それだけじゃなくて、乳首を吸うみたいにおちんちんをちゅーちゅー吸ってきて……先っぽがいっぱい刺激されて……なんだか、すごく気持ちいい。

「あら？ 笙太くんは、フェラチオされるの初めてだった？」

「ふぇ……ふぇら……ちお……？ はうぅ！ んっ……あっ……。な、夏樹さん！ そ、そんなに強く吸ったらぁ！ あぁぁ！」

すごい勢いで夏樹さんは僕のを吸い込み、じゅぼじゅぼって音をさせながら、先っぽを強く舌と唇で擦する。き、気持ち良すぎるよぉ……。

「じゅぶっ。じゅぼっ……んっ！ じゅぶっ……んっ……んっ！ んっ！」

「あっ！ あっ……んっ！ くぅぅ！」

「ふふ。夏樹ちゃんはフェラすっごい上手だから。こっちも、もっと弄って気持ち良くしてあげるからね。んっ……んっ……んっ……」
「ふあああ！　舌を……出したり……挿れたりしちゃ……だ……めぇ……あっ！」
なんだか分かんないよぉ……。キレイなお姉さんが僕のおちんちんをパクってして、お尻の穴に舌をズボズボ挿れて……。すっごい恥ずかしいのに、すっごい気持ちいい。どうして……。なんだか……こ、怖いぃ。
怖くて……気持ち良くて……分からなくて……。涙が出てきちゃった……。
「ぐす……やめてぇ……。保奈美さん、夏樹さん、ひっく……。やめてよぉ……」
泣くのなんてかっこ悪いけど、涙がどうしても出ちゃう。僕が泣き出したので二人とも手を止めて、顔を覗き込んできた。
「あらら……泣いちゃった……」
「泣いちゃったわね……」
僕の泣き顔をジッと見つめる二人。もしかして、これでやめてくれるかな……。
「夏樹ちゃん、どうしよう。私、すごくドキドキしてきちゃった」
「アタシも……。なんか、ドキドキしてゾクゾクして……ヤバイかも」
二人の声がなんだか震えてる。すごく喜んでるみたいな、変な声で。
「笙太ぁ……。お前、本当に可愛いなぁ……はむぅ……んっ。じゅぶ……じゅぶ……じゅぶ……んっ……んぐっ！　んぐ！」

「可愛すぎるわよぉ～。泣き顔、もっと見せてぇ～……レロ……れろぉ。んっ……んっ。恥ずかしい……？　ねえ？　お尻の穴、お姉さんにほじほじされて……れろぉ」
「くひゃ、ひゃふぅ……ふぅ……。や……やめてぇ……。お、おちんちんもぉ、お尻もぉ、そんな……そんなぁぁ……」
ほんのちょっと休んだだけで、二人はもっと激しくおちんちんとお尻を攻め始めた。
「じゅぷ……んっ……んっ？　筆太ぁ、ガマン汁……んっ……じゅぷ……いっぱい出てきたな。んっ……いつでもイっていいからな？」
がまんじる……ってなんだろう？　はぁ……はぁ……。あぁ、だんだん頭がボーッとして、考えられなくなってきたよぉ……。
「お尻もいっぱい……んっ。感じてるわね……んっ……。中のヒダも……んぐ……いっぱい、ペロペロしてあげる。んっ……んっ……」
保奈美さんの舌が穴の奥まで入ってぐにぐに動いてる感じがする。イヤなのに。変なことなのに。やっぱり、背中がゾクゾクして、その変な感じが、おちんちんに伝わっていっちゃう……。
「やめてぇ……ひっく……やらよぉ……ひっく……」
「じゅぷ……じゅぷ。んっ、んっ、もっと泣いていいぞ……んぐ……。あぁ、可愛い……可愛いよ……筆太……」
「んぐ……んぐ……。そうよ、お姉さんたちに……泣き顔……もっと見へれ……ぺろ。く

ちゅ……くちゅ……」

イヤなのに……涙が出ちゃうくらい、すっごくイヤなのに。なんで、こんなに気持ちいいんだろう？　僕、変になってるのかなあ……。

「あっ……ひゃ……うぅ……。もう……やらよぉ……あっ……んっ……くぅぅ！」

「先っぽが膨らんできたな。よし……ラストスパートだ。じゅぶ、んぐ！　んぐぅ、んぐ、んぐ……じゅぶぶぶぶ！」

「くひぃぃぃぃぃ！」

夏樹さんの舌が、おしっこの穴にぐりぐり押し込まれて、こっちもほじられちゃう。ちょっと痛くて、でも……やっぱり、気持ち……いいかも……ぉ。

「出そうなのね？　ふふ……じゃあ……私も……じゅぼっ。んっ……んっ……んっ」

お尻の穴に挿し込まれた保奈美さんの舌はまっすぐに伸びて、ズボ、ズボって中に出し入れされる。ザラザラしたのが穴の内側を擦って、変な気持ち……。変な気持ちだけど、これも……気持ちが……あふ……う。

「じゅるっ！　じゅぶっ！　んぐ！　じゅぼ、じゅぼ、じゅぼ！　じゅぼっ！」

「ちゅぼっ。ん、ぐじゅぶ……ちゅぶ。んぐ！　んぐぅ！　んぐぅ！」

二人は僕の顔を見つめたまま頭を上下に動かして、おちんちんとお尻の穴を徹底的に弄ってくる。変だけど、気持ち良くて……すごくて。

白いおしっこが出る感じが、ぎゅーって高くなってきた。

「あっ！　あぁぁぁ！　僕っ、ぼくぅぅ、もう出ちゃうよぉぉ！　おしっこぉぉ！　白いおしっこがぁぁ！　あぁぁぁぁ！」

自分の声で耳がキーンッってなって、頭の先からつま先まで、ゾクゾクッとした寒気みたいな気持ちいいのが一気に走った。

「ひあ！　ひああ！　出るぅぅぅぅ！　おしっこぉ！　出りゅぅぅぅぅ!!」

「んっ、ふぐっ!?　んっ……」

夏樹さんに咥えられたままだったので、白いのをぴゅーって出しちゃうと、全部が夏樹さんの口の中に飛び込んじゃう。出した瞬間はびっくりして目を大きく開いていたのに、白いおしっこを口の中で全部受け止めていた。

「むふっ……んっ……むふぅ……。ぷは……ひっふぁい……出たへ……」

「あん……。私にも、筆太くんのおしっこちょうだい……はむっ……んっ。じゅる……」

保奈美さんが夏樹さんに口づけして、白いおしっこをちゅるちゅるって口移ししてる。すごくエッチだよぉ……。

「じゅりゅ……んっ。美味しい……筆太くんの。うふふ……。お尻、感じちゃった？」

「うう……もう、やめてぇ……」

泣いちゃいけないって分かってるのに、涙が出ちゃう。

「うんもう……。またお姉さんをドキドキさせるのね？　可愛いんだからぁ～」

「ほんとだよな。もっともっとしゃぶりたくなるよ」

うう、ニコニコしてるのに怖いー。

「ん……？　保奈美」

「分かってるわ。うふふ……」

保奈美さんがドアの方をチラッと見て、頷く。なんだろう？　なにが分かったの？

「笙太くん、ちょっとお話しようか。夏樹ちゃん？」

「ん？　しょうがねーなー。もっと、しゃぶりたかったのに」

二人はやっと僕を変な格好から解放してくれた。でも、まだズボンとパンツを穿くことは許してくれなくて、下半身が裸のままベッドに腰かけてる。夏樹さんと保奈美さんは僕を挟んで、おっぱいを押しつけてきた。おちんちんも二人の手でゴシゴシされちゃう。

「ふえ……あ……あ……あのぉ……」

「また硬くなってきたねー。笙太くん可愛すぎる。ねえ？　私がお姉さんになりたいな。私を本当のお姉さんにしてよ？」

「ふえ⁉」

おちんちんを弄られながら、そんなことを言われても……。

「いいなそれ。アタシも笙太のお姉さんになりたいな」

「私たちが、お姉さんになったら……毎日、エッチなことしてあげる」

「そうだぞ。手や口だけじゃなくて……。もっと気持ちいいところも使ってさ」

気持ちいいところって、どこだろう？　それって、保奈美さんが言ってた女の人の穴？　すごく興味はあるけど……。
「ぼ、僕のお姉ちゃんは……梓お姉ちゃんだけだから」
「えー？　だって、梓ちゃんはエッチなことしてくれないよー？」
「笙太にも冷たいしなー」
「あれは……僕が悪いから。僕、お姉ちゃん……大好きだもん……」
夏樹さんがドアの方を向いた。
「笙太は、梓が好きなんだ」
「それってお姉ちゃんだから？　それとも女の子として好きなのー？」
保奈美さんが難しいことを聞いてくる。
「女の子として……って、どういうこと？　お姉ちゃんはすごく好きだよ……僕」
「くうう……もう、妬けるなぁ！」
夏樹さんが僕に抱きついてきた。
「ほんとよねー。梓ちゃん、愛されてるわー。弟とか、男の子とか、関係ないわねー。こんなに好きって言ってくれてるんだからー！　ああ、可愛い！　こんな可愛い子なら、私のモノにしちゃいたい！」
保奈美さんに抱きつかれて、頰にキスまでされた。
「お姉さんにしてくれないなら、うんもう……。ココが空っぽになるまで、白いおしっこ

っこを、いっぱいいっぱいいっぱい出して、最後は……なにも出なくなった。白いおし出しちゃうからね？」
そう言いながら、僕のタマタマを触ってきた。
「ああ、そうしよう。アタシたちの魅力を教えてあげるからな」
「はわ……あの……あのぉ……！　うわー！」
僕はベッドの上に押し倒されて、また二人にいっぱい弄られることになった。白いおし

その日の夕食は、お姉ちゃんがなんだか変だった。
僕を見てため息をついたり、お料理の途中で考え込んだり。
「ねえ、笙太。あのね……」
「なに、お姉ちゃん？」
「……えと。……なんでもないわ。お箸、並べて」
「うん」
こんな風に、僕になにか聞いても途中でやめちゃうことが何度もあった。久しぶりにお姉ちゃんといっぱいお話できて、嬉しいんだけど……。
「うふふ……。いい感じねぇ～♪」
「ああ。苦労した甲斐があった」
僕とお姉ちゃんを見ながら保奈美さんたちが言った。どういう意味なんだろう？

お箸を並べながら考えていると、お姉ちゃんが僕をチラッと見てから、また小さくため息をついた。
やっぱり……お姉ちゃんが、なんだか変だ。
「わりーんだけどさー。彼氏が寂しがってるんで、しばらくそっちに泊まるよ」
「私もー。学校で相手してあげてるのに、もっとしたいみたいなのー」
夕ごはんの最中に夏樹さんと保奈美さんが、言い出した。
「え……？　そ、そうなの？」
お姉ちゃんはお茶碗を持ったままビックリして固まってる。
「梓ちゃんが弓道部の合宿に行く前には戻るわ」
「アタシもそうするから。ごめんな梓」
「しょうが……ないわよね。うん」
お姉ちゃんはやっぱりお茶碗を持ったまま、僕を見ていた。
次の日から、僕とお姉ちゃんの二人きりの生活が始まった。
お父さんが出張する前は、これが普通だったのに、なんだか不思議な気分。
パジャマに着替えてリビングでテレビを見てたら、お風呂あがりのお姉ちゃんがドアを開けて入ってきた。

ピンク色のパジャマ姿で顔が赤い。薄い生地のパジャマだから、お姉ちゃんの大きなおっぱいの形がよく見える。すぐにおちんちんが反応しちゃったから、慌てて身体を少し前かがみにした。

「こら笙太。明日がお休みだからって夜更かししちゃダメよ。もう寝なさい」

「うん、分かった」

僕はアソコが膨らんでるのを知られないような姿勢で立ちあがった。

「ふふ、笙太はホント素直ね。おやすみなさい」

「お……おやすみなさい」

僕は急いで部屋を出た。二人が来てから、お姉ちゃんは前みたく少し優しくなった。あんなこと言ってくれなかったのに……。嬉しい……。

自分の部屋に戻って電気を消し（ちっちゃい灯りはつけておくけど。怖いから）、ベッドに入って目を閉じる。

たちまちさっきのお姉ちゃんのパジャマ姿が頭に浮かんじゃう。

「あ……う……うぅ……」

おちんちんは硬いままでパンツを内側から持ち上げてる。保奈美さんと夏樹さんがいなくなってから、白いおしっこは一回も出してない。教えて貰った「手コキ」を自分ですればいいんだけど、いけないことをしてるみたいで、まだ一度もできてない。

「してみようかな……」
パジャマの上からおちんちんを触ると、なんだか気持ちいい。ここを自分で触ると気持ちいいなんて知らなかったなぁ……。
「そうだ……。『アレ』をしてみよう……」
保奈美さんたちに教えてもらう前に、こっそりとお姉ちゃんにしてたコト。二人にいっぱいしてもらっちゃったから、しばらくお姉ちゃんに触れてない。したくても、二人がいたからできなかったかもだけど……。
「あ……お姉ちゃん……。お姉ちゃんに……触りたい……」
『アレ』を思い出して、おちんちんがもっと大きくなった。保奈美さんと夏樹さんには悪いけど、僕はやっぱり、お姉ちゃんのおっぱいが一番好き……。
考えれば考えるほど、お姉ちゃんのおっぱいに触りたくてたまらなくなった。胸がドキドキして、ぜんぜん眠くならない……。
僕はベッドに寝ながらおちんちんをカチカチにして、もっと夜遅くまで待った。
時計を見たら、午前二時になってた。ちょっとだけ寝たのかもしれない。でも、おちんちんは痛いほど硬いまま。
音を立てないようにそっとベッドから降りて、廊下に出た。
慎重に慎重に廊下を歩き、お姉ちゃんの部屋のドアに耳をつける。

「……寝てる、よね？」
中からはなにも音がしない。ドアノブをゆっくりと回してドアを開き、そーっと部屋に入っていく。お姉ちゃんは僕と違って部屋を真っ暗にしてて怖いけど、外から少し灯りが入ってくるから中の様子が見える。
一歩ずつ慎重に、慎重に……。
ベッドに近づくと、お姉ちゃんがいた。仰向けで、静かに呼吸しながら。
「あ……あ……。お姉ちゃん……」
心臓のドキドキがすっごくうるさい。これじゃお姉ちゃんに聞こえちゃうかも……。静かになるまで待とうかとも思ったけど、もうガマンが無理。
ベッドに静かに静かにあがって、お姉ちゃんの身体に覆い被さった。
「ふあ……あ……ああ……」
いっぱいお姉ちゃんの匂いがする。大好きな甘い匂い。いつものように脚を広げてお姉ちゃんの太ももを挟み、硬いのを押しつけると、おちんちんがビクビクして、もう白いおしっこが漏れちゃいそうだ。
「はぁ……はぁ……。お姉ちゃん……っ」
パジャマの上からおっぱいを触ると、すっごくやわらかい感触が伝わってくる。そのまま指に力を込めて、優しくモミモミすると僕はもっと興奮してきた。
「あっ……あぁ……。やっぱり、お姉ちゃんのがいい……」

前ならこれで満足してた。でも、僕は生のおっぱいを触る気持ち良さを覚えちゃってる。いくらお姉ちゃんの眠りが深くても、直接触ったら起きちゃうかもしれない。
こんなこと知られたら、叱られるだけじゃすまない。そうなるのを分かっているのに、僕の指はパジャマのボタンを一つずつ外していた。
そして……。
「あ……あ……。お、おっぱいだ……お姉ちゃんのぉ……」
パジャマの下にシャツとか着てなかったから、生のおっぱいが現れた。
丸くて大きくて、真っ白な二つの膨らみ。乳首がすっごくキレイなピンクなのを、部屋が暗くても分かる。
「お姉ちゃん……お姉ちゃん……あ……あうぅ……」
手をいっぱいに広げておっぱいに触れると、しっとりとした肌が指に吸いついた。胸の間から、いい匂いがいっぱいしてくる。指に力を入れたら、そのままぐにょっとやわらかいお肉の中にめり込んだ。
「はぁ……すごい……よぉ……お姉ちゃんっ……」
僕はおっぱいを掴んだまま、やわらかい谷間に顔を押しつけた。両頬にお乳が当たって、なんだか幸せな気分になる。やっぱり……僕は……。
「お姉ちゃん……大好き。お姉ちゃんが僕のこと嫌いでも……大好き。一番、一番、好きだよぉ……お姉ちゃん……」

いつものように太ももにおちんちんを押し当て腰を動かす。あっという間に白いおしっこが出そうになって、おっぱいを揉みながら僕は呟いた。

「お姉ちゃん。気持ちいいよぉ……。出ちゃう……。僕、もぉ……出るよぉ」

もうちょっとで白いのが……おちんちんから噴き出す。……その時だった。

「……やめなさい」

「えっ⁉」

お姉ちゃんの手が僕の手首を掴み、目を開く。

「あの……。あの……。これは、えと……」

「言い訳しても無駄よ。アンタが今まで、私にしてたこと、全部知ってるんだから」

「え……。えぇ……」

今までのこと全部知ってるなんて。じ

ゃあ……寝たふりをしていたの？
「どうしてこんなことしたの？」
「だって……だって……」
僕は涙があがってきそうなのを頑張ってガマンした。
「お姉ちゃんが、好きだから……」
「ウソつき。そういえば許してもらえると思ってるんでしょう？」
「違う！　違うよ‼」
僕はお姉ちゃんの目をしっかり見て言った。
「ウソじゃないよ。本当に僕はお姉ちゃんが好きなんだよ。大好きなんだから！　本当の本当の本当だよ」
必死に言ったけどお姉ちゃんは僕の目をジッと見たまま黙ってる。
「本当だよ……お姉ちゃん……。ウソじゃないよ」
また涙が出てきそうになった。お姉ちゃんが僕を信じてくれない？　好きっていう気持ちをどうやって伝えたらいいんだろう。
「私たち……姉弟なのよ。……家族なのよ。……だから。……そんなの。……好きとか」
「関係ないよ！　そんなの！　僕はお姉ちゃんが好きなんだ‼」
なんだか怯えた声のお姉ちゃんの言葉を、僕は大きな声で遮った。それでも、お姉ちゃんはまだ信じてくれていないみたいだ。

どうしたら、どうたらいいんだろう……。
「証拠……。証拠、見せるからね!!」
僕はおっぱいから手を放し、お姉ちゃんを抱きしめた。そして……。
「んむぅぅぅぅ!!」
「むふ!? ちょ、笙太……なにっ……んむぅ! むふう……んっ……」
やわらかい唇に、僕の唇を押しつけてキスをする。お姉ちゃんは逃げようとするけど、僕は追いかけてキスを繰り返す。
「むぅんっ! ちゅっ……れろ……んっ! んっ! むぅー!」
「むふ……んっ……んっ! やめ……な……さ……んっ……んっーーー!」
いっぱいお姉ちゃんにキスをしてから、僕はやっと唇を放した。
「ぷは……うぅ……ふぅ……ふぅ……」
「はぁ……。はぁ……。アンタ……なにしたか、分かってるの?」
怖い顔でお姉ちゃんが睨んでる。でも、こうするしか僕にはできなかった。
「お姉ちゃんが、信じてくれないから。僕がお姉ちゃんを好きなこと……だから」
「……バカ。……なんてことしてくれたのよ」
怖い目で、今までで一番怖い目で……僕を睨んでる。あぁ、失敗したんだ。
キスなんかしちゃったから。もっと……怒ってる。
大好きなのに……。お姉ちゃんのこと、大好きなのに……。

お姉ちゃんは……僕のこと……嫌いなんだ……。
涙が目の中に溜まってきて、今度こそ……流れちゃいそうだ。泣きたくないのに、お姉ちゃんの前で……涙が……。
そんな僕の頬に、お姉ちゃんの両手が押しつけられた。顔を挟まれたかと思うと、お姉ちゃんの顔がいきなり近づいてくる。
「んっ……むぅぅ……んっ……」
「おね……ちゃ⁉ むっっ……ンッ⁉ ちゅ……んっ……」
え⁉ え⁉ 僕は頭がパニックになった。
お姉ちゃんが……キスしてくれてる。びっくりして目をいっぱいに開いた。
「ちゅりゅ……んっ……じゅる……んっ……んっ……」
唇を重ねるだけじゃなくて、舌まで入ってくる。
「んじゅ……じゅぷ……じゅりゅっ……んっ……ちゅ……んっ」
「じゅ……んっ……おねぇ……んっ……じゅぷ……んっ……」
最初は驚いたけどお姉ちゃんの舌に僕の舌を絡ませたり、唾液を啜りあったりした。口の中が、お姉ちゃんの甘い香りで満たされていった。
「んっ……じゅ……んっ……。ぷは……ふぅ」
たくさんキスをしてから、お姉ちゃんはそっと唇を放した。
落ち着いてお姉ちゃんを見ると……もう怖い目をしてなくて……。悲しそうな、嬉しそ

うな目で僕を見てた。
「キス……しちゃった」
お姉ちゃんが僕の頬を撫でながら、そっと呟いた。
「私にキスされて……気持ち悪くない？」
「え……どうして？　とっても嬉しいよ？　もっと……したい」
お姉ちゃんの口元が少し緩んだ。笑った……んだよね？
「笙太……。もう一回、教えてくれる？　私のこと……本当はどう思ってるの？」
「何回聞いても同じだよ。お姉ちゃんが好き。大好きです。本当だよ？　……うわ!?」
心の底から本当の気持ちを伝えると、お姉ちゃんが僕の背中に手を回し、ギュッと抱きしめてくれた。お姉ちゃんのトクン、トクンという心臓の音が聞こえる。
お姉ちゃんの顔がすぐ近くにあって、あとちょっと顔を動かせば、またキスができそうなくらいだ。
また……キスしちゃうのかな……。僕がそんなことを考えてると……。
「え!?　な、なに!?」
僕の身体はいきなりひっくり返されて、お姉ちゃんが僕の上になった。
「な、なに？　お姉ちゃん……？」
驚いている僕に構わずお姉ちゃんは身体を起こし、僕のパジャマのズボンを掴む。そして迷うことなく、膝までずるっと降ろした。

まだ硬いままのおちんちんがピコンッと飛び出したので、慌てて両手で隠す。
「わ、わわわ⁉」
「はぁ……はぁ……はぁ……」
僕の驚きなんて気にしないで、お姉ちゃんは息を荒くし、今度は自分のズボンに手をかけて完全に脱いでしまった。一緒にパンツも脱いじゃったから、おへそから下が裸になってる……。
そういえば保奈美さんも、夏樹さんも、おっぱいを見せてくれたけど、パンツを脱いだことはなかったなあ……。
「ふう……ふう……。はふ……はぁ……ハァ。……はぁ」
もっと息を荒くしながら、お姉ちゃんは僕の身体に跨がってゆっくりとしゃがみ込んできた。暗くてよく見えないけど、おへそのずっと下辺りから透明な雫が流れ落ちててキラキラ光ってる。
「ふえっ⁉」
「んっ……くぅ……熱い……」
なんだか、すっごくヌルヌルしてて、熱いのが僕のおちんちんの先っぽに触れた。
「好きって……言ったよね。私のこと……」
「う、うん……」
よく見ると、キラキラ光ってるところに先っぽが当たってる。そこからは、どんどん熱

い汁が流れてきて、おちんちんにかかってる。
「……好きって、言ってくれたよね？」
「う、うん」
僕は先っぽにヌルヌルを感じて、変な気持ちになる。
「私と筆太は、姉弟だから、そういうのダメだと思っていたの。気持ち悪いって言われるのが怖かったし」
お姉ちゃんが少し腰を降ろすと、おちんちんの先端が熱い汁がいっぱいに入った入れ物の中に、少しだけ飲み込まれる。すごくアソコがじんじんして、気持ちいい……。
「冷たい態度をしないと、爆発しちゃいそうだったから。頑張ってガマンして、ガマンして。気持ちを抑えてきたのよ」
お姉ちゃんの瞳が熱っぽく潤み、頬もお化粧をしたみたくピンク色に染まっていた。
「でも、もう……いいのよね？　ガマンなんてしなくても。好きって言ってくれたんだもの。姉弟としてじゃなくて。それなら……私……っ……んっ！　いいのよね？」
「ふああ……!?」
熱い穴の中に、おちんちんが少しずつ飲み込まれてく。なにこれ!?　すっごく熱くてトロトロのお湯でいっぱいになってる。
「んっ……くぅ……。あっ……あぁ。好きって言っていいのよね？　あっ……あぁ。しょ、筆太ぁ……」

お姉ちゃんの瞳に涙が浮かび、ポロッと流れ落ちて頬を伝う。
「好きよ……。好き。大好き。弟や家族として……じゃないわ。笙太を……ううん、笙ちゃんを男の子として……大好きなのぉ……んっ！　んっ！　んっーー！」
「お、お姉ちゃんっっ‼」
嬉しすぎる告白をしてから、お姉ちゃんは腰をさらに降ろした。
「ふぁあ⁉　お、お姉ちゃん……も、もしかして……」
「んっ……くぅ。笙ちゃんのおちんちん、食べちゃったのよ。お姉ちゃんのアソコで」
お、女の人のエッチな穴に……お姉ちゃんの穴に、おちんちんが入ってるんだ。これって、保奈美さんの言ってた、せ、せ、セックスだ……。
「ふぁあ……。お、お姉ちゃん……僕、う、う、嬉しいよぉ！」
「私もっ！　私もぉぉぉ！　笙ちゃん！　あっ、あっ！　大好きぃ！　大好きなのぉぉぉ！　あっ！　あっ⁉　あぁぁぁぁぁぁ‼」
じゅぶじゅぶじゅぶぶぶ……って音がして、おちんちんが根元まで穴の中に入っちゃった。入り口はキュッと締まっていたけど、中に入るとザラザラな感じの壁があって、そこに先っぽが触れると電流がびくびくって走る。
お姉ちゃんも一緒みたいで、僕のが当たると、気持ち良さそうな吐息を漏らす。
「んっ……はうぅ……。んっ……。笙ちゃんの、中で、すごく当たるぅ……んっ」
腰を上下にゆっくりと動かし、ぬるぬるの穴で僕のをいっぱい撫でてくれる。ちょっと

しかお姉ちゃんは動いていないのに、手とか、口より……ずっと、ずっと気持ちいい。
「はあ……あ……。すごい……。お姉ちゃんの中に入ってる……」
「そうよ……。あ……。あぁ……。いま、お姉ちゃんがね、笙ちゃんのおちんちんを、食べちゃってるんだから。あ……あぁ……。美味しい……。すごく、すごくぅ……」
僕はお姉ちゃんの中に入ってるのをよく見たくて頭を持ち上げた。
ぬるぬるの汁が流れてくるところに僕のは入ってた。汁は少し白く濁っていて、おちんちんにたっぷりと塗りたくられている。
「あ……あれ……？」
よく見ると、汁の中に赤いのが混じってる。血……だよね？
「お、お姉ちゃん⁉ ち、血が……出てるよ？ 痛いの？」
「んっ……。んふふ……。女の子の穴はね、初めて使うと、血が出ちゃうの。ちょっと痛かったけど、笙ちゃんに好きっていっぱい言ってもらったから、もう大丈夫よ」
お姉ちゃんは優しく微笑みながら、腰を少し速く動かした。ぐちゅ、ぐちょっ、ってなんだかエッチな音がお股から聞こえてくる。
「はぁ……はぁ……。いっ……いい。笙ちゃんの、カチカチ……。すっごく、当たって。あっ！ あっ！ んっ……いっ！ いぃぃ！」
すごく嬉しそうで、ちょっと苦しそうな声をあげながら、お姉ちゃんの顔はちょっとエッチになってる。僕もいっぱいおちんちんを女の人の穴でゴシゴシされて、気持ち良くて、

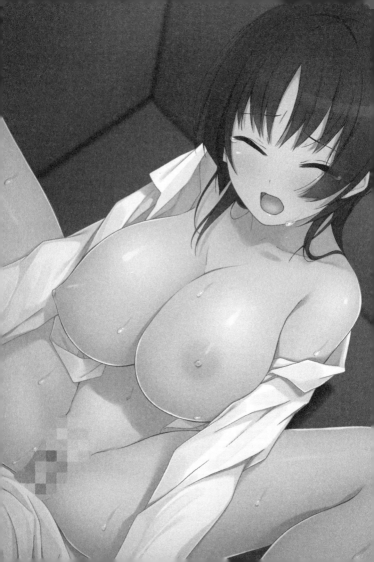

もうお漏らしをしそうになっていた。
「うん……んっ！　お、お姉ちゃんっ。ぼ、僕……白い、おしっこ……で、出ちゃいそうだよぉ……」
「は……んっ。き、気持ちいいの？　お姉ちゃんの……穴？」
「うん！　とっても、とっても……気持ちいいよぉ。ホントは、入った瞬間に漏れちゃいそうだったの……」
「うふ……嬉しいっ。はぁ……はぁ……。い、いいっ……いいのよ……」
お姉ちゃんは僕の胸に手を置いて、すごく優しく微笑んでくれた。
「出していいからね。お姉ちゃんの中に、笙ちゃんの白いおしっこ。ハァ……はぁ。お姉ちゃんもね……。き、気持ち良くてぇ……んっ……んっ！」
お姉ちゃんが腰の動きをさらに速くした。ジュボジュボってすごい音がして、とってもガマンできないくらいに気持ちいい……。
「はぁ、はぁ！　もう、もうだめえ！　お姉ちゃん！　ぼく……僕ぅ、で、出ちゃう！」
「くっ！　はうぅ！　いいわっ！　出しなさい!!　んっ！　あぁ！　いっぱい、いっぱい、出して、い、いぃいいからぁぁ！」
「うんっ！　うんっ！　ふあぁぁぁ！　出ちゃううぅぅ！」
僕はお姉ちゃんの中に、白いおしっこを力いっぱい出した。おちんちんが、中で暴れて、ドクンッ、ドクンッてねばねばしたのを振りかける。

「ふあっ‼　あっ‼　なにこれ、なにこれぇ⁉　いっ！　いっ！　イッくぅぅぅぅ‼　いく！　笙ちゃんのおしっこで、いっっくぅぅぅぅぅぅぅ‼」
お姉ちゃんの穴がぎゅーって縮まり、僕のを締めつけてくる。痛いくらい。
「あっ……あっ！　イッてるぅ……。私……い、イッてるぅ……。あっ、あぁ、気持ちいい……なんて……いいのぉ……」
穴は縮まったと思ったら今度は、びくびく震えてる……。ずっとおちんちんを撫でられてるみたいで、僕のはカチカチのままで小さくならない。
「んっ……あっ……。はぁ……。はぁ……。すごい……コレ。自分でイク時と、ぜんぜん違う……。気持ち良すぎる……はぁ……はぁ……」
荒く呼吸するお姉ちゃんを見ながら、僕の胸に置かれてる手の上に、そっと手を重ねた。
すると、お姉ちゃんはその手を握ってくれる。
「いっぱい、出たね。白いおしっこ」
「うん。お姉ちゃんの穴、すっごく気持ち良かったから……。お姉ちゃん、まだ、血が出てるよ……。本当に痛くないの？」
「んー、ちょっと痛いよ。でもね、それが嬉しいの。笙ちゃんと一つになれた証拠だから。私の中に、笙ちゃんがいることを、すごく感じられて……とっても幸せなのよ」
お姉ちゃんがまた、「笙ちゃん」て呼んでくれた。昔みたく……。
「僕のこと……笙ちゃんて……」

「うん。だって、そう呼びたかったんだもの。……イヤ?」

　思いっきり頭を左右に振ったら、お姉ちゃんは微笑んだ。

「良かった……」

「ねぇ……お姉ちゃん。今日から、また前みたいなお姉ちゃんに戻ってくれるの?」

「前……みたく? うぅん。それは無理かな」

　僕はいきなり不安になった。以前の優しいお姉ちゃんに戻ってくれないなんて……。

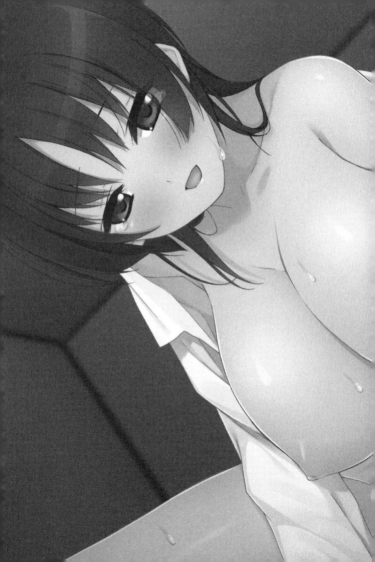

「だって、もう普通の姉と弟じゃないんだもの。……恋人姉弟、かな？」
「こ……恋人⁉」
「あら……。笙ちゃんは、イヤなの？」
また頭をいっぱい振った。なんだかクラクラする。
「じゃあ、今日からは……恋人同士よ。……じゃ、もっと、いっぱいしようね？」
「え……は……はうぅ……あっ……あふぅ……」
お姉ちゃんがまた腰をゆっくりと動かし始めた。ぬるっ、ぬるっ、と穴の中の壁がおちんちんを撫でてくるので、たちまち変な声が出ちゃう。
「あっ……お、お姉ちゃん……。だめぇ……。僕、また……出しちゃうよぉ……」
「あんっ♪　可愛い声ぇ～。お姉ちゃんに……んっ……。可愛い声、いっぱい……聞かせて。お姉ちゃん、がんばって動いて……は……アンッ……。気持ち良くさせちゃうから」
腰の動きがだんだん速くなって、自然に声が出てきちゃう。
「ひゃ……あっ。ひあぁ……。い……あふぅ……あふぅぅ……」
「はぁ、はぁ……。はぁ……はぁ……。硬い……笙ちゃんの、すっごいカチカチぃ」
ニュルッ、ニュルッと、僕のおちんちんは何度も何度もゴシゴシされる。お姉ちゃんの穴からは、僕が出したおしっこと、お姉ちゃんのお汁がいっぱい溢れて、ベッドに垂れていった。
「あっ……あっ！　笙ちゃん……。笙ちゃん……。いっぱい、いっぱい、しようね？　今

日はね、お姉ちゃん……ずっと笙ちゃんのおちんちん、挿れっぱなしにしたいの」
じゅぷっ、じゅぷっ、とエッチな音をさせながら、お姉ちゃんの穴は、僕のおちんちんを一晩中食べ続けた……。

＊　＊　＊

「ふあ……あ、あれ……？」
朝になって目が覚めると、そこが自分の部屋じゃないことに僕は慌てた。そして、すぐにお姉ちゃんの部屋にいることを思い出す。
「あれ……。お姉ちゃんは……？」
耳を澄ますと下の階から音が聞こえる。ベッドで寝ている僕を残して、朝ごはんの用意をしてるみたいだ。
「はあ……。本当に、お姉ちゃんとセックスしたんだなあ……」
いつ寝たのか、よく覚えてない。お姉ちゃんの穴に何回も白いおしっこを出したのに、お姉ちゃんは「もっとするのよ」って動き続けた。ものすごく気持ち良かったけど、なんだか疲れて眠っちゃったらしい……。
「ふあ……。学校だから……起きないと」
お休みの日じゃないので、僕はなんとかベッドから降りた。

「あれ……そういえば、僕、パンツもズボンも穿いてる……」
きっと寝ちゃった僕に、お姉ちゃんが穿かせてくれたんだ。……嬉しい。そんなことで僕はとっても嬉しくなって、お姉ちゃんに会いたくなった。

「お姉ちゃん。おはよう」
「おはよう笙ちゃん。そろそろ起こそうかと思ってたの」
やっぱりお姉ちゃんは朝ごはんの用意をしていて、フリルのいっぱいついたエプロン姿でキッチンに立ってる。
「ご飯、もうちょっとでできるから。座って待ってて」
「うん」
お姉ちゃんはそう言うと、クルッとまわって僕に背中を見せた。……ん、だけど。
「ふわわわ⁉　お、お、お姉ちゃん……⁉」
「あらぁ、変な声を出してどうしたの？」
「えと……えと……」
お姉ちゃんの後ろ姿は……裸だった。お尻が丸見えで、身体を横に向けるとエプロンの間から大きな丸いおっぱいがちらちら見える。乳首もちょっとだけ……。
「ふわ……ふわわ……。お姉ちゃん、その格好……」
「暑いから、こうしてるのよ？　どうかしら？」

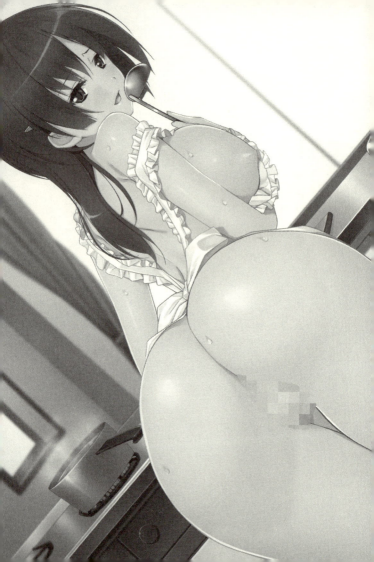

僕をからかうように微笑みながら、お尻を突き出した。僕のおちんちんを昨夜、何回も食べてくれた穴がある場所が、ぷっくり膨らんでて……。すごく、エッチだ。
たちまち僕のアレはすぐにおっきくなって、ズボンの前の方が膨らんじゃう。
僕を誘うように、お尻を小さく振りながらお料理をしている。白くて、丸くて、大きいのが右に、左に揺れて……僕のアレはカチカチになっちゃう。夜にあんなにいっぱい白いおしっこを出したのに、こんな硬くなっちゃうなんて。
「はぁ……はぁ……。お、お姉ちゃんのお尻……すごくキレイだ……」
僕は立ちあがってふらふらとお姉ちゃんに近づき、足下にしゃがみ込んだ。目の前にはむっちりとしたお尻があって、そこにそっと顔を寄せる。
「ふ……あぁ……」
すべすべのお肌に、丸い膨らみ。
「お姉ちゃん……触っていい？」
「いいわよ。……お尻だって笙ちゃんのなんだから。好きなだけ触っていいのよ♪」
「う、うん！」
お姉ちゃんのお尻にそっと触れると、すべすべの肌が吸いついてくる。やわらかくて、おっぱいとは違う触り心地。僕は頬をお尻に当てて、感触を味わった。
「はぁ……。気持ち……いぃ」
「はふ……んっ。笙ちゃんに触ってもらうと、お姉ちゃんも気持ちいいわ♪　うふ♪　も

っと触っていいのよ？」
僕は頷いて、もっと強く頬を押し当てた。すごくむちむちしてて、すべすべで。ずっとこうしてほっぺたで触れていたい。それと、お姉ちゃんのアソコから、エッチな匂いもしてくる……。
「えっと……。ワカメを入れて、と……」
お尻に触っている間、お姉ちゃんはお料理を続けている。いつもご飯を作るところでエッチなことをしてるから、すごく変な気持ちで胸がドキドキしていた。おちんちんはもうガチガチになってて、ズボンの前がすごく膨らんでる。
「さあ、朝ごはんができたわよ」
お姉ちゃんが振り返り、お尻に頬を当てている僕を微笑みながら見つめた。
「う、うん……あの、あの……お姉ちゃん……ぼ、僕……」
アレが、痛い……。すごく大きくなっちゃってる。僕は立ちあがって、お姉ちゃんに抱きつこうとした。でも、そうする前に、お姉ちゃんの手が僕の膨らんでるところに手を置いた。
「は……はう……」
「ご飯の前に、これ……小さくしよっか」
僕はお姉ちゃんの目を見ながら強く頷いた。
「じゃ……脱ぎ脱ぎしようね」

「ふえ……？」
今度はお姉ちゃんがしゃがんで、僕のパンツとズボンを降ろしちゃった。カチカチになってるのが飛び出して、ピンッと尖ってる。
「あんっ♪　昨夜、あんなにいっぱいしたのに、今朝はもうこんなに元気なの？」
「お姉ちゃんのお尻が……気持ち良くて……」
「ふふ……。私で硬くしてくれたのね……嬉しい……」
お姉ちゃんはカチカチのおちんちんに顔を近づけて嬉しそうに見つめる。
「エッチしたあとお風呂入っていないから、汚れてるかな？　見てみようね？」
おちんちんの根元を握ると、指先でつるっと皮を剥いた。中に隠れてた先っぽが現れて、お姉ちゃんはジッと見つめだした。すっごく恥ずかしい……。
「は……う……？　あ……」
「やっぱり、この辺が汚れてるかなぁ～」
カリっていうところを指先でツンツンとされて、声が出ちゃう。
「は……はう……。お姉ちゃん……」
「ほら、ここも、汚れてる」
指で先っぽが撫でられて、おちんちん全体がびくんっ、びくんって暴れた。
「きゃう!?　もう、やんちゃなおちんちんね。笙ちゃんは、おとなしくて良い子なのに。ここ、感じちゃうの？」

指先を強く押しつけて、先っぽをすりすりと擦る。小さい刺激なのに、しびれるみたいに気持ちいい……。
「う……うん。あ……なんか……う……うぅ……」
「亀頭って、男の子が一番感じるところだって保奈美が教えてくれたけど……。そう、ここ、気持ちいいんだ」
き、きとう？　先っぽのことなのかな？　お姉ちゃんは指で楽しそうに撫でながら、おちんちんを見つめ続けてる。
「あんなに可愛いおちんちんだったのに。皮の中は、こんな形になってたのね。あ……こんなところも汚れちゃってる。はふ……」
きとうっていう部分にお姉ちゃんはもっと顔を近づけた。一センチもないくらい近いから、吐息でもくすぐったく感じる。
「んっ……。すー……。ちょっと、匂いもあるわね。やっぱり……これ……」
おちんちんを握っていた手を少し強めに握った。
「きれいきれいしようね……はむっ……」
いきなりお姉ちゃんが、おちんちんをパクッと咥えた。
「ふえ!?」
「んぐ……もぐ……んっ……。ぴちゃ……ぴちゃ……。亀頭はね……んっ……特に、キレイにしないと……駄目よ……んっ……ちゅ……じゅぶ……んっ……」

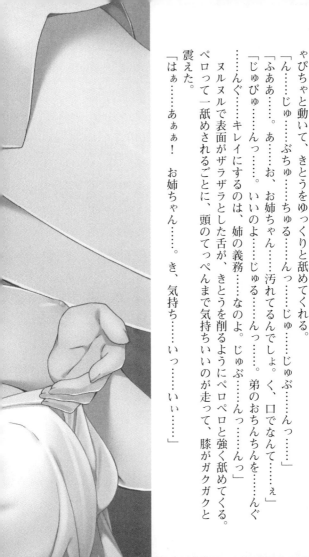

先っぽは全部お姉ちゃんの口の中に入り、カリが唇でぐるっと取り囲まれた。舌がぴちゃぴちゃと動いて、きとうをゆっくりと舐めてくれる。

「ん……。じゅ……ぶちゅ……ちゅる……んっ……じゅ……じゅぶ……んっ……」

「ふぁぁ……。あ……お、お姉ちゃん……汚れてるんでしょ。く、口でなんて……ぇ」

「じゅぴゅ……んっ……。いいのよ……じゅる……んっ……。弟のおちんちんを……んぐ……んぐ……キレイにするのは、姉の義務……なのよ。じゅぶ……んっ……んっ」

ヌルヌルで表面がザラザラとした舌が、きとうを削るようにペロペロと強く舐めてくる。ペロって一舐めされるごとに、頭のてっぺんまで気持ちいいのが走って、膝がガクガクと震えた。

「はぁ……あぁぁ！　お姉ちゃん……。き、気持ち……いっ……いぃ……」

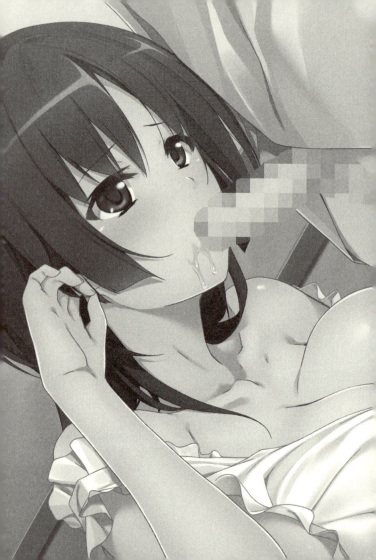

「じゅぶ……じゅぶ……ん……っ。おいひ……笙ちゃんの……んっ……んぐ……」
「はぁ……ひゅあぁ……。お、お姉ちゃんの口にぃ……僕の、全部……入っちゃってるよぉ……は……はふぅ……」
「んじゅぅ……じゅぶ……じゅぶっ……んぐ……んぐ……じゅぴゅ、じゅぴゅ……んっ」
すごい……。お姉ちゃんのフェラチオは、すごすぎるよー。夏樹さんみたく気持ちいいところだけをペロペロするんじゃなくて、おちんちんを全部頬張って根元から先っぽまですごい音をさせながら舐めてくれてる。
「んじゅ……じゅぶ……。んぐ、んぐ……。じゅぼ……じゅぼ。んっ……んっ……。笙ひゃん……じゅぶ……ひもひ……いぃ？」
「うん！　すごく……すごく……いいよぉ……。あ……あぁ……」
「はふ……うれひぃ……んっ……ぐじゅぶっ！　ぐじゅぶっ！　じゅぶっ！」
すごい勢いで僕のを吸い込んで頭を前後に動かし口全部で僕のをゴシゴシしてくれる。舌も一緒にレロレロと動くから、おちんちんの全部が刺激されて……。
「じゅぼっ……じゅぶっ。じゅぶぅ……じゅぼっ……じゅぼっ……んぐぅ、んぐぅ」
上あごのざらざらしたところに先っぽが押しつけられて、ぐりぐりと擦られる。そして、おちんちんの裏側の方を舌がしっかり舐めてきて……カリもいっぱいベロベロされた。
お姉ちゃんがおちんちんをしゃぶしゃぶしてくれてるだけで気持ちいいのに、こんなに激しくされたら……僕は……もう……。

「で……出ちゃうよ……。お姉ちゃん……白いおしっこ、出ちゃうよぉぉ……」
「じゅぶっ。んっ……んぐ……じゅぼっ……じゅぼっ……。んぐ……。い……いいのよ。お姉ちゃんの……口に……じゅぼっ……んぐ……。出しなさい……。筆ちゃんの……んぐっ、んぐ……。白い……おしっこ」
「はぁ……はぁ……。でも、でもぉ……」
いくらお姉ちゃんに言われたからって、おしっこを口に出しちゃうなんて……。夏樹さんには出しちゃったけど……。
「だめ……ぇ。おしっこ……お姉ちゃんの口なんてぇ……だ、だめだよぉ」
「じゅぼ……じゅぼ……。んぐぅ、んぐぅ。じゅぶっ……。はぁ……はぁ……。いいのよ。筆ちゃんのなら、全部……お姉ちゃんが飲んであげるから……じゅぼっ、じゅぼっ」
お姉ちゃんは、おちんちんをぎゅーっとすっごい強さで吸い込んだ。そして、そのまま頭を前後にゆっくりと動かす。きとうも、カリも……もう、全部がじゅぼじゅぼされて、おしっこがもっとしたくなっちゃう。
「あ！　あぁ！　お姉ちゃん！　だめぇ！　そんなにしたら……出ちゃうぅぅ！」
「じゅぶっ……んっっっ……ンッーーー！　ぐじゅぶっ！　んっ！　んっ！　んっ！」
本当にお漏らししちゃうからおちんちんを口から引き抜こうとしたけど、お姉ちゃんは僕の腰を掴んで逃がしてくれない。
「あっ！　あぁぁ！　出ちゃうぅぅ！　お姉ちゃん、おしっこぉぉ！　おしっこがぁ！

あぁっ！　あっ！　あぁぁぁ‼」

「んむふぅぅ‼　むふ……んぐ……ふ
ぅ……んんっ……じゅぼ……じゅぶっ……」

おちんちんがぶるんって震えて、白い
おしっこがお姉ちゃんの口の何回も、何
回もぴゅーって出ちゃってる。

「んっ……むふ……んっ……んっ……こ
く……んっ……」

おしっこなのに……。お姉ちゃんはイ
ヤな顔をしないで、飲み込んでくれてる
……。でも、白いのは次から次へと溢れ
てきちゃった。

「んぐぅ‼　ふ……んふぅ……んっ
……んっ……。んっ……」

飲みきれなかった白いおしっこがお姉
ちゃんの唇の端から漏れると、慌てて手
のひらでそれを受け止めた。

「んっ……ちゅぶ……んっ……んぐ
……」

ぷは……はぁ……ぴちゃ……んっ……」
　やっと白いおしっこが止まると、お姉ちゃんはおちんちんから口を放した。そして、おちんちんを舌でペロペロし始める。
「ぴちゃ……。んっ……。白いの……ぴちゃ……。まだ、いっぱい残ってる。んっ……んっ……。んっ……」
　お姉ちゃんの舌で、おちんちんはどんどんキレイになっていった。
「はぁ……はぁ……。お姉ちゃん……。白いの……飲んじゃったの……？」
「うん」
「き……汚くないの？」
「笙ちゃんのなら大丈夫なの。……ほら」
　そう言って微笑むと、手のひらに残っていた白いねばねばを唇でじゅるじゅるってすすると、喉を鳴らして飲み込んだ……。僕は、そんなお姉ちゃんの姿を見てるだけで、またアソコが硬くなりそうだった……。
「お味噌汁、冷めちゃったかな。温め直すわね」
　頬にちょっぴり白いおしっこをつけたままお姉ちゃんは立ちあがると、キッチンに向かった。
　裸にエプロンしかしてないから、白くてキレイなお尻がまた丸見えになる。
「ふん♪　ふぅ～ん♪」

お姉ちゃんはお尻を僕に向かって突き出しながら、左右に楽しそうに振った。僕はそれに誘われるように近づいて、しゃがんでから脚に抱きついた。

「ひゃうっ⁉　しょ……笙ちゃん……⁉」

そのままお尻に顔を強く押し当てると、さっきよりもエッチな匂いが濃くなっていた。エッチな匂いが出てるのは……お姉ちゃんの穴がある場所。さっきはお肉があわさってぴったりとなっていたのに、今はほんの少し開いていて、透明な汁が漏れていた。

「お姉ちゃん……。お汁が、出てるよ……ぴちゃ……ぴちゃ……」

「くふ⁉　あ……。しょ、笙ちゃん。あ……あぁ……」

「美味しい……。お姉ちゃんのぉ……」

女の子の穴を隠してるぷくぷくのお肉を触ると、くちゅっと音がした。僕は心臓をドキドキさせながら、お肉を左右にゆっくりと開く……。

「あ……あ……。ひ、開くなんて……。あ……んっ……」

ぬちゅ、くちゅっ、と音がして、ぷっくりお肉が左右に分かれた。中からひらひらと薄い花びらみたいなのが出てきて、間には大きなワレメが広がってる。ワレメの奥からは透明な汁がいっぱい溢れ、エッチな匂いがすごくしてくる。

「はぁ……はぁ……。いい匂いがするよぉ……」

「や……んっ。匂いなんて、嗅いじゃあぁ……あっ……あぁ……」

お姉ちゃんのぷっくりお肉に顔を埋めて、僕は舌をいっぱい動かした。ぬるぬるのお肉

の間をペロペロ舐めて、溢れてくるお汁をいっぱい飲む。
「んぐ……ぴちゃ……んぐ……んぐ……」
「ふくぅぅ!?　しょ、筮ちゃん……き、汚いからぁ……。お姉ちゃん、今日、まだ……しゃ、シャワーしてな……あっ！　あぁぁ！」
「汚く……ないよぉ……じゅぶ……んっ……すごくキレイで……美味しい……じゅぶ」
穴の中には舌の先端までしか届かないけど、出てくる美味しい汁を舐められる。
「ちゅ……ぶ……ちゅぶ……じゅる……んっ……じゅる……」
「は……あっ……あふぅ……。あっ……。筮ちゃん……。あ……だめ……ぇ。あっ、んっ……くぅ……はぁ……はぁ……」
お姉ちゃんの穴をペロペロしてると、ワレメはもっと広がって、エッチな匂いはどんどん濃くなっていく。流れてくるお汁はもっとぬるぬるになって、味もちょっと変わった。
「あっ！　くぅ！　んっ……んっ!!　は……あぁ……あぁ！」
お姉ちゃんの声が昨夜みたいなエッチな声に変わる。お味噌汁をすくうお玉を掴みながら、おっぱいがぷるぷると震えていた。
エッチなお汁を飲んで、お姉ちゃんの声を聞いて……僕のおちんちんは、もうとっくに硬くなってた。
「お、お、お、お姉ちゃん……っ！」
僕は立ちあがり、お姉ちゃんのお尻に硬いのを押しつけながら、背中に抱きついた。

「ひゃうぅ⁉　も、もう、そんなに硬くしているのぉ……？」
「う、うん！　だって、すごく……エッチだからぁ。……お、お姉ちゃんっ。僕ぅ、僕ぅぅ……お姉ちゃんにぃ……」
お姉ちゃんに抱きつきながら、僕は腰を動かしておちんちんの先端を、お尻やぷくぷくお肉に当てた。穴は……お姉ちゃんの穴……どこぉ……？
「アッ……んっ。あ……。あ、慌てちゃだめ……。ほら……ぁ」
お姉ちゃんの左手がおちんちんの先に触れた。
「そのまま……ゆっくり……前に……ぃ……」
「う……うん……」
お姉ちゃんの手に導かれて、ゆっくりと腰を前に動かす。ぬるっとした感触の後、ぐちゅぐちゅっとしたお肉に包まれていく。
「ふあ……ふああ……。あったぁ……お姉ちゃんの……穴ぁ……」
「くふぅ……んっ……。くふぅ……。そ、そうよ……笙ちゃん。上手ぅ……。そのまま、ゆっくり……ぃ。前にぃ……あっ……あっっ！　あぁぁ！」
お姉ちゃんの穴がぬるぬるなので、おちんちんがあっさりと根元まで入っちゃった。
「は……は……入ってきたぁ♪　笙ちゃんのぉ、おちんちん……♪」
熱くて、トロトロと蕩けてるみたいなお姉ちゃんの穴は、すっごく気持ちいい……。
「はぁ……はぁ……。お姉ちゃんっ……熱い……んっ……気持ちいいよぉ」

「んっ……笙ちゃんのも、硬いわよぉ……。ね……ぅ、動いてくれる？」
そういえば昨日の夜は、お姉ちゃんが僕の上で一生懸命動いてくれた。穴におちんちんが出たり入ったりする度に、身体がビリビリ痺れるくらい感じたのを覚えてる。
今日は僕の方が動かなくちゃ。
「んっ……。んっ……。んっ……こ、こう？」
「そ……そうよぉ……。あっ……そ、そぉぉぉ……」
動き方がよく分からないから僕はお姉ちゃんに聞きながらやってみた。少し腰を引いて、そのまま角度が変わらないようにゆっくりと中へ。ゆっくり引いて、もう一度穴に、ずぼっ……て。
「んっ！　くふぅ！　んっ……。あ……。あんっ……。い……いぃ……」
お姉ちゃんの穴はぬるぬるが増えてきて、僕も少しずつ動かし方が分かってきた。
「はぁ……はぁ……。こう？　こうで……い……いいの？」
「そうよぉ！　笙ちゃんっ……。可愛いので、もっと……中をぉ……」
「うん！　んっ！　んっ……んっ……。あっ⁉」
「あ……あら……？　い、イヤよ……抜いちゃ……ぁ」
勢いよく動かそうと腰を引いたらおちんちんが抜けちゃった。すぐにお姉ちゃんが悲しい声をあげて手を伸ばして、先っぽを掴む。
「ふあうぅ……。ごめんね、お姉ちゃん。もっと慎重にするから」

「うん。お願いね……。ほら……ここよ……。笙ちゃんのカチカチさんが、入るところはね……はい……」

優しく案内されて、僕はまたお姉ちゃんの中に硬いのをゆっくりと突き刺した。

「ふああ……。あっ……。これ……ぇ……。んっ……入ってるぅ……」

すごく嬉しそうなお姉ちゃんの声。もう、失敗して抜いちゃダメだ。

僕はお姉ちゃんにしっかりと抱きついて、腰の動かし方に気をつけた。

「あんっ！　あんっ……。あ……、すごく、深く……入ってぇ。んっ！　くぅぅ！」

「お……お姉ちゃんっ。気持ちいいよぉ。すごく……気持ち、いぃ！」

「はぁ……嬉しいっ。もっと……もっと言って。お姉ちゃんの穴、気持ちいいって」

「うん！　言うよ！　お姉ちゃんの穴。すごく、すごく気持ちいいよー！　おちんちんが、溶けちゃいそうだよぉぉ！」

細い腰に腕を回して抱きつきながら、おちんちんをちょっと抜いて、すぐに突き刺す。少し抜いて、また突き刺す。じゅぼっ、じゅぼってすごい音がして、中のお肉の壁がどんどんぐちょぐちょになってく。ぐちょぐちょなのに、お肉の壁はギュッと狭くなってきて、きとうがいっぱい触られる。

「あんっ……あっ。あぁぁ！　しょ……笙ちゃんっ。はぁ、はぁ……。いっ……んっ」

きゅっ、きゅって狭くなっていくお姉ちゃんの穴。お肉の壁はブツブツがあって、それがすごく擦ってくるから、一回動かす度に白いおしっこが出ちゃいそうになる。でも、が

んばってガマンして、何回も、何回もおちんちんをお姉ちゃんに挿し込んだ。
「あんっ！　いっ！　いぃんっ！　筌ちゃんのぉ、おちんちんっ!!　いっっ！」
お姉ちゃんが喜んでくれてる♪　昨夜はいっぱい気持ち良くしてもらったから、今日は僕がしてあげないと。
「くぅ！　くぅ！　お姉ちゃん……き、気持ちいいよっ。すごく、中がぁ……あっ！」
「うん！　うん！　すごくね！　すごく、いいのぉ！　はぁ！　はぁ！　もっとぉ……」
何回も出し入れしたので、穴の位置がだいたい分かるようになってきた。僕はしっかりとしがみついて、腰の動きをちょっとだけ速くしてみる。
「くふぅ！　んふぅ！　あっ！　いっ！　筌ちゃんっ！　それぇ、それいいのぉ!!」
お姉ちゃんのエッチな声が大きくなった！　速く動かすと気持ちいいんだ。僕も気持ち良くて、おしっこをお漏らししそうだけど頑張ろう。
僕はさっきより腰を後ろに引いて、思いっきりお姉ちゃんの穴におちんちんをズボッと突き刺した。お腹と、お姉ちゃんのお尻が当たって「パンッ！」てすごい音がする。
「あんんっ！　いっいんっっ！　それぇ！　あっ！　あぁぁ！　あぁぁ！」
もう一度引き抜いて、パンッ！　すぐに、パンッ！　だんだんコツが分かってきたので、歯を食いしばってお漏らししないようにし、パンパンッ！　って鳴らしながら、穴をおちんちんで掻き回した。
「あっ！　あぁぁ！　いいっ！　筌ちゃん、すてきよー！　パンッ、パンッしてー！　も

っと、もっとぉぉぉ！」
「気持ちいい⁉　お姉ちゃんっ、強くすると気持ちいいのぉ⁉」
「うん！　うん！　とっても気持ちいいのぉぉぉ！　あぁぁぁ！　おちんちんがぁ、笙ちゃんの可愛いのが、私の中にいっぱい入ってるぅぅぅ！」
お姉ちゃんの穴はもっとギュッーーーと締まって、おちんちんを抜く時に、ぬるぬるのブツブツがカリにいっぱい引っかかって、電気がすっごく走るみたいに感じちゃう。でも、もっとお姉ちゃんを感じさせたい。喜ばせたい。だから、ガマンする。
「はぁ！　いっ！　いぃぃぃぃ！　笙ちゃん！　い……いぃのぉぉ！」
「気持ちいぃ！　お姉ちゃんの穴ぁ、すっごく……気持ちいぃ……！　んっ！　んっ！」
「はぁ、はぁ！　上手ぅ……笙ちゃん、とってもじょーずぅよぉぉ！　あっ！　すごく、すごく感じちゃって！　はぁぁぁ！　はぁぁぁ！」
お姉ちゃんの身体に抱きつきながら腰をいっぱい引いて、パンッ！　パンッ！　て音をいっぱいさせながら、おちんちんを何度も挿し込んだ。お姉ちゃんの穴はすっごく熱くなっていて、きとうがヤケドしそう。
「あっ！　アンッ！　あんっ！　いっ！　あんっ！　パンッ、パンッ！　もっとぉ！　い、いいわぁ！　いいっ！　んっ！　んっ‼」
「くぅぅぅ⁉　お……お姉ちゃん、すごく……し、締まって……ぇ」
お姉ちゃんの気持ち良い声が大きくなるのと一緒に、穴はどんどん狭くなり、ギュッと

絞める力も強くなってきた。なんとか動いてるけど、気持ち良すぎて……もう……。

「はぁ、はぁ……お姉ちゃんっ。僕で、出ちゃうよぉ……。もうガマンできない－」

「うん！　うん！　いいよ……白いおしっこ……だ、出してぇ。お姉ちゃんも、お姉ちゃんも、もう……い……イクからぁ……」

僕は最後の力を振り絞って、ぎゅーって狭くなってる穴におちんちんを無理矢理挿し込んだ。たくさんのブツブツがぐりっ、ぐりって動いてきとうを撫で、穴全体がぎゅっ、ぎゅっって締め上げてくる。

「あ……んっ！　いんっ！　いいんっ！　硬いのぉぉ！　あっ！　い！　イク！　イクぅ。筺ちゃん……。お姉ちゃん……い、

いっちゃうぅ……」
「はぁ……はぁ！　僕もぉぉ！　出ちゃうよぉぉぉ！　おしっこぉぉぉ‼」
「出して！　お姉ちゃんの中にぃぃ、ぴゅーってぇぇぇ‼」
「うん！　うん！　出すよぉぉぉ！　僕、ぼくぅぅ……あ……あっ！　あぁぁぁ‼」
ガマンをいっぱいしてたから、白いおしっこがすごい勢いでお姉ちゃんの中にぴゅーって噴き出された。
「あんひぃぃぃ‼　あっ！　笙ちゃんのぉ、熱いの当たってぇぇ！　ふあああ！　いっ、いっ、いっ……いっくぅぅぅぅぅんっ！　んっ！　んっ……！　んーーーー！」
お姉ちゃんはシンクの端をギュッと握りながら身体をびくんっ、びくんって大きく震わせる。
「い……いっ……いっ。いっ………はあぁ……」
お姉ちゃんはすごく大きな声を出した後、ちょっとだけ呼吸を止め、はーっと息を吐き出した。
「笙ちゃん……。お姉ちゃん……。いっぱい、イッちゃった……。笙ちゃんのカチカチさんで、ぐちょぐちょしてもらって……はぁ……はぁ……」
「僕も、いっぱい出たよぉー……。お姉ちゃんの穴、気持ちいいから……」
お姉ちゃんは自分のお腹に手を当ててると、優しく微笑んだ。
「うん。いっぱい出たね。お口に、あんなにお漏らししたのに。ふふ……。笙ちゃんの白

いので……イかされちゃった」

お姉ちゃんの嬉しそうな声を聞いて、僕もすごく嬉しくなった。昨夜は、お姉ちゃんにしてもらってるばっかりだったけど、今日は僕がお姉ちゃんを気持ち良くしてあげられたんだ……。

もっともっと、お姉ちゃんを気持ち良くさせたいなぁ……。

「あん……。二回も出したのに、まだ硬いままなのー？」

いっぱい出したのにおちんちんは全然やわらかくならなくて、お姉ちゃんの穴をもっと擦りたいとピクピクしてる。

「お姉ちゃん……。もう一回、していい？」

「うふふ……もちろんよ。お姉ちゃんのココだって、笙ちゃんのなんだから。何回でも、好きなだけ、白いおしっこをお漏らししなさい」

お姉ちゃんに優しく言われて、僕はまた腰を動かし始めた。

＊　＊　＊

学校に着くと、僕は自分の席に座って「はぁ……」と息を吐いた。

ここに来るまで結構大変で、階段をあがるのもいつもみたく一段飛ばしなんてまったくできなかった。

「なあショータ？　大丈夫なのかよ？」
「カゼひいた？　熱があるみたいだよー？」
クラスの友達と、女子が僕を心配して声をかけてくれた。
「ううん。ちょっと、疲れてるだけだから。大丈夫。はは……」
「朝から疲れてるとか、なにやってんだよー？」
「えと……ちょっと……はは」
あれからお姉ちゃんに連続で二回ぴゅーってして。朝ごはんを食べた後、また二回もぴゅっぴゅっしちゃって……。
学校に着いてからも頭がボーッとしてて、やっと小さくなったけど、すっごく疲れた。
プールの授業を二時間くらいやった後みたいに身体がすごーく重い。
「保健室で休む？　本当に疲れてるみたい……」
「大丈夫。……大丈夫だから。ありがとう」
いっぱいエッチしたせいで授業を休んだら、きっとお姉ちゃんに叱られる。もしかしたら、もうあんなことをしてくれなくなるかもしれない。
それが心配で授業を受けたけど、頭の中は、昨夜から起きたことでいっぱいだ。
お姉ちゃんの身体を触っていたら、目を覚ましたあの瞬間。
僕は頭が真っ白になって、お姉ちゃんの声が最初は聞き取れなかった。ものすごく怒ら

れると思ったのに、結果は全然反対で……。まさか、お姉ちゃんと両想いになれるなんて。それに、気持ちいいことも……。
お姉ちゃんの大きなおっぱい、気持ちいい穴……。思い出すとまたアソコがうずうずして、ちょっとずつ硬くなり始める。
「え……!?」
いっぱい出したのに、お姉ちゃんのことを思い出すと、すぐに大きくなっちゃうんだな、僕のおちんちんは。

「ショータ。元気ないみたいだから……コレ、貸してやるよ」
友達はそう言って、なにかを僕に渡した。
「なに……？　わ！　わわ！」
渡されたのはエッチなＤＶＤだった。パッケージには裸の女の人が三人並んで笑ってる。
「これ兄ちゃんが持ってた奴でさ。モザイクすっごい薄いんだ。この女の人たち、すげー声を出して感じまくるんだよ」
友達は勧めてくるけど……。保奈美さんや、夏樹さんの方がずっとキレイだし、うちのお姉ちゃんはもっともっとキレイだ。おっぱいだって、パッケージの人たちよりずっと大きい。
「い、いいよ……そういうの」

「遠慮するなって。これ見てスッキリすれば、元気になるって！」
「ありがとう。でも、そういうのは……」
女子がすごい勢いでこっちに走ってきて、エッチなＤＶＤを取り上げた。
「ちょっと、アンタ！　鶯谷くんに、なに渡してんのよ！」
「わっ！　バカ！　返せ！」
「こんなの見せて鶯谷くんを汚さないで、変態!!」
「返せって!!　笙太だって男だから、そういうの好きなんだよ!!」
「そんなことないわよ！　先生に渡すからね!!」
ＤＶＤを取り上げた女子は、それを持って廊下に走り出した。
「待て、バカ！　やべーって!!」
友達もあとを追いかけて、僕は席で一人、ぽかーんとしてしまう。
僕って女子たちから、どんな風に思われてるんだろう？　エッチなこと……すごくしてるのに。あの女子に、僕とお姉ちゃんがどんなことしちゃってるか知られたら、どうなるのかな……。絶対に教えないけど。

＊　　＊　　＊

部活で遅くなったお姉ちゃんは、制服姿で夕ごはんを作り始めた。

朝みたく、裸にエプロンの姿をちょっと期待してたから残念だった。でも、そんなこと言ったらお姉ちゃんに嫌われちゃうかもしれないから黙ってる。
「お待たせ。ごめんね、遅くなっちゃって」
「ううん」
あっという間に夕ごはんができあがった。野菜炒めと豆腐とネギのお味噌汁、トマトとキュウリのサラダ、その他にも色んなおかずがあって、こんな短い時間に作っちゃうお姉ちゃんは、魔法使いだと思う。
「さ、食べよう？」
「うん」
いつもの席に座ってご飯を食べ始めると、お姉ちゃんが椅子を僕の隣に移動させて、身体をぴったりとくっつけてきた。
「はう……」
「ご飯、どう？」
「美味しいよ♪　お姉ちゃんのご飯、いつも美味しいもの」
「うふふ……嬉しい」
微笑んだお姉ちゃんは、トマトを一切れ箸で取った。
「筆ちゃん、あーん♪」
「え……？」

「お口を開けて。ほら。あーん♪」
「あ……あーん……」
僕が口を開けると、トマトをそっと入れてくれた。
「はむ……もぐ……もぐ……」
ホント言うと、トマトはあんまり好きじゃないんだけど、お姉ちゃんが食べさせてくれるなら、しょうがない。
「うふふ。嫌いなトマトを食べたね。良い子、良い子♪　ちゅっ♪」
「ふわ!」
ほっぺにキスをしてくれた後、頭を撫でられて僕は顔を真っ赤にした。
お姉ちゃんがこんなに優しくなってくれるなんて……嬉しい。
「笙ちゃん、次はなにを食べたい?」
もう、あの冷たい姿に戻ったら、やだなあ……。

夕ごはんが終わるとお姉ちゃんは早速後片づけを始めた。
「笙ちゃんはお風呂に入っちゃいなさい」
「お手伝いするよ?」
「ありがとう。でも、すぐ終わるから大丈夫よ」
「うん。分かった」

僕はお姉ちゃんに言われたとおり、一人でお風呂に行った。

「ふう……」

家のお風呂は結構広い。お風呂好きなお父さんが家を建てる時に、普通より大きめにしたそうだ。だから、お姉ちゃんと二人でお風呂に入るのも余裕だった。

「お姉ちゃんと……お風呂……かぁ……」

僕に対して、お姉ちゃんが冷たくなったきっかけはココだった。

僕がおちんちんを大きくしちゃって。お姉ちゃんが凄く驚いて。どうしてそうなったか覚えてないけど、仰向けに倒れたお姉ちゃんに抱きついて、あそこから白いおしっこをお漏らししちゃったんだ。

あの日からお姉ちゃんはすごく冷たく、怖くなって……。

「はう……」

思い出したら、泣きそうになる。あんな態度のお姉ちゃんを今まで見たことがなかったし、僕はどうしていいか分からず、ボーッとしちゃったんだ。

昨夜、お姉ちゃんはどうして、僕を許してくれたんだろう？

「僕がいっぱい『好き』って言ったから？」

お姉ちゃんが大好きなのは本当だ。それも、普通の姉弟みたいな「好き」じゃなくて。まだよく分かんないけど、「恋人」同士の好きだと思う。

「お姉ちゃんは……どうなのかな」
セックスもいっぱいしちゃって、白いおしっこをお姉ちゃんの中にぴゅーぴゅー出した。お姉ちゃんもすごく喜んでくれて、キスだって何回も、何回も。
両想いって、こういうことなんだと思う。
——でも、またお姉ちゃんの気持ちが変わったら？
それは、すごく、怖い。その怖いことが、すぐそこの洗い場で起きたことを思い出して、すごく嫌な気分になる。もし、また同じコトをしたら……お姉ちゃんは、冷たいお姉ちゃんに戻っちゃうのかな？
いやだ！　そんなの……。お姉ちゃんとお風呂に入るのは……すごく……怖い。
「ふう……身体、洗おう」
いろいろ考えてるとのぼせそうなので、湯船からあがった。
その時、お風呂のドアが開いて……。
「お、お、お、お姉ちゃん⁉　は、は、は、裸……ぁ⁉」
「うふふ。お風呂に入るんだから、裸になるのは当たり前でしょ？」
裸のお姉ちゃんが、やってきた。真っ白な肌が、湯気でぼーっと霞んで見える。おちんちんが、ぴーんって、もっと硬く尖っちゃった。
「あら……？　もう、大きくしちゃってるの……？」
お姉ちゃんが微笑みながら僕のお股に手を伸ばし、おちんちんに触れる……。

「だ、だめぇ！」
僕は……自分でも驚いたけど……。おちんちんに触ろうとしてた、お姉ちゃんの手を叩いてた。
「……え？　笙ちゃん？」
「だめぇ……。だって……だって……。お風呂で、お風呂で……。白いおしっこしたら、また……また……お姉ちゃんが……お姉ちゃんが……うっ……うぅ……うぅ……」
あの日のことを思い出して涙がポロポロ溢れた。
「だめ……お風呂で、エッチなことしたら、お姉ちゃんが……また、怖いお姉ちゃんに戻っちゃう……。だから……だめぇ……」
「笙ちゃん……。ごめんね……」
手を叩いたのにお姉ちゃんは怒らず、僕を優しく抱きしめてくれた。
「落ち着いて笙ちゃん。いい子……いい子だから。……ちょっと、横になろっか」
お姉ちゃんに抱きしめられたままゆっくりと、お風呂の床の上で仰向けになった。その隣に、お姉ちゃんが添い寝をしてくれる。
「はい……おっぱい、ちゅーちゅーして？」
お姉ちゃんの大きなおっぱいが僕の顔にかぶさって、乳首が口の中に入ってきた。僕はそれを唇で挟み、ちゅっ……ちゅっ……てする。
「んっ……あんっ……。上手ね……笙ちゃん……。もっと吸っていいのよー」

「うん……ちゅー……んっ……ちゅ……ちゅー……」

大きくて、やわらかいおっぱい。もう片方のおっぱいが、僕の胸に乗っかって優しく撫でてくれてるみたいだ。怖かった気持ちが少しずつ収まってく……。

「はぁ……はぁ……。笙ちゃん……。美味しい？　お姉ちゃんの……おっぱい」

「うん……。すごく……。ちゅ……んっ……。美味しいよぉ……んっ……んっ……」

気持ちが落ち着いてきた。こんなことしても、お姉ちゃんは怒らない。優しく頭を撫でながら、おっぱいを吸わせてくれてる……。

「気がついてあげなくてごめんね。そうだよね。ココで、ひどいことしちゃったんだものね……。お姉ちゃん……。もう、イヤなお姉ちゃんには戻らないから」

「本当……？　本当……？」

「うん。本当よ……。本当だから……」

「ふあ……」

お姉ちゃんの手がおちんちんを優しく握って上下に動き始めた。

「いっぱい出そうね。お姉ちゃん、笙ちゃんのために、なんでもしてあげる」

おちんちんをシコシコされながら、おっぱいを吸う僕……。夢みたいだ。イヤなことがあったお風呂で……お姉ちゃんに、こんなことしてもらうなんて。

「気持ちいい？　笙ちゃん？」

「んっ……。は……はぁ……ちゅ……んっ……。すごく……気持ちいいよぉ……」

「ね？　お姉ちゃん、もう怖くないでし
よ？　お風呂でお姉ちゃんでお姉ちゃんに、なにして
もいいんだから」

お姉ちゃんは嬉しそうに微笑むと、手
の動きを速くしていく。

「んっ……んっ……。硬い……。カチカ
チさん……すごいね……。どくどくして
るよ？」

「は……ぁぁ……ぁぁ……。お、お姉ち
ゃん……僕、お、お漏らし、しちゃい
そう。だめだよね……そんなことしたら
……ぁ」

お風呂で……ぴゅっってしたら……叱ら
れちゃう……。お姉ちゃんが……お姉ち
ゃんが。

「だめじゃないわ。いいのよ。いっぱい、
いっぱい、白いおしっこお漏らししてい
いんだからね。ほら……おっぱい、吸っ

て……んっ……んっ……」
お姉ちゃんの硬くなった乳首を吸いながら、おちんちんがビクビクしてくるのを感じてる。出ちゃう……お姉ちゃんの指で、いっぱい擦られて……気持ち良くて。
「はぁ……はぁ……。いいの？　本当に……いいのぉ？」
「うん。おしっこするところ……お姉ちゃんに……見せて……」
いいんだ……。僕……出して……いいんだ……。
「ひゃ……うぅ。うん……ぁ……出る……出るよぉ。お姉ちゃん……っ。僕、僕ぅぅ、おしっこぉぉぉぉぉぉ!!　んっ！　んっーーー！」
「あっ……あっ……すごい……」
白いおしっこが、おちんちんの先からどぴゅどぴゅって……すっごい飛んだ。あの時みたく、お姉ちゃんの身体にかかって、お姉ちゃんはびっくりしてる。
「すごく……熱い……。笙ちゃん……白いおしっこ、いっぱいどぴゅどぴゅしたね」
「はぁ……はぁ……。うん……。い、いっぱい……出しちゃった……」
お風呂で白いおしっこをしたのに、お姉ちゃんは本当に怒らない……。本当だ。
「笙ちゃん……今度は……。お姉ちゃんの中に……挿れちゃおっか……」
お姉ちゃんが仰向けになると、僕はその上に乗っかった。大きなおっぱいがぷるぷる揺れてる……。
「はぁ……はぁ……。笙ちゃんの弄ってたら……お姉ちゃん、濡れちゃってるのよ……。笙

ちゃっ

お姉ちゃんに抱きつきながら、ゆっくりと腰を前に動かすと、先っぽがお肉に当たった。

「うん……。んっ…………」

「もうちょっと……上よ……」

「こ、こう……？　こっち？　う……うう……」

腰を何度か動かしてるのに、なかなか穴に入らない。そういえば今日まで、お姉ちゃんが教えてくれたり、挿れてくれたりしてくれたから……。見えないと……入らない……。

「えい……あれ。……あれ……」

僕は焦ってしまい、また涙が出てきちゃう……。

「はうぅ……は、入らないよぉ……。ぐす……穴……どこぉ……ぐす……」

「泣かないの……ほら。お姉ちゃんが……教えてあげるから……」

お姉ちゃんの手がおちんちんの先っぽを掴み、穴の位置まで案内してくれる。

「そのまま……腰を前に動かして……」

「うん……。は……はう……こう……かな……ぁ……」

やっと、熱くてトロトロのお汁が先っぽに当たった。あった……。ここだ……。

「くふっ……。そう……よぉ……そのままぁ……んっ……」

腰をゆっくり、ゆっくり……前に進むと、すごく熱いお湯が溜まった溝があって……さ

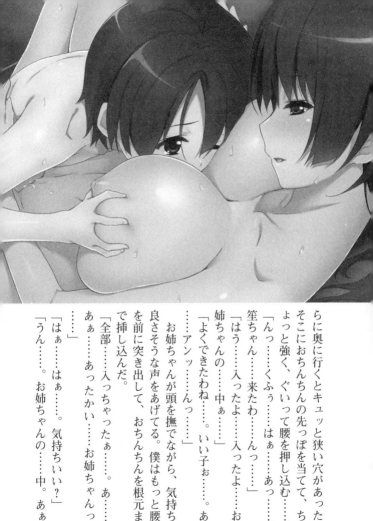

らに奥に行くとキュッと狭い穴があった。

そこにおちんちんの先っぽを当てて、ち

ょっと強く、ぐいって腰を押し込む……。

「ん……くふぅ……はぁ……あっ……。

笙ちゃん……来たわ……んっ……」

「はう……入ったよ……入った……お

姉ちゃんの……中ぁ……」

「よくできたわね……いい子ぉ……あ

……アンッ……んっ……」

お姉ちゃんが頭を撫でながら、気持ち

良さそうな声をあげてる。僕はもっと腰

を前に突き出して、おちんちんを根元ま

で挿し込んだ。

「全部……入っちゃったぁ……あ……

あぁ……あったかい……お姉ちゃんっ

……」

「はぁ……はぁ……。気持ちいい?」

「うん……。お姉ちゃんの……中。あ

あ

……すごく……」

穴の壁がおちんちんを少しずつ包み込んでくれて、たくさんのザラザラでゴシゴシしてくれる。

「ふぁ……あっ……。お、お姉ちゃん……。お、おっぱい……吸っていい？」

「うん……いいよ。これも、筆ちゃんのなんだから……。吸いたい時に、ちゅーちゅーしていいんだからね……」

「はう……。うん……ちゅ……ちゅ……んっ……」

お姉ちゃんに抱きつきながら腰を動かし、右手でお姉ちゃんのおっぱいをもみもみしながら、乳首をいっぱい吸った。

「ちゅ……んっ……ちゅぶ……ちゅ……ん……んっ……」

「ふは……あぁ……あふぅ……んっ……。あんっ……可愛いの……中で……動いて……。あぁ……アンッ……いっ……あんっ……」

そうだ……。あの時は、こんな格好で……ぴゅって出しちゃったんだ。あの時は怒られたのに、でも、今は喜んでくれてる……。

いいんだ……僕……お姉ちゃんと……エッチなことしても。それに気がついたら、おちんちんが、ぐんッって伸びた。

「ふあ!?　しょ、筆ちゃんの……また、大きくなった……ぁ……？」

「はぁ……はぁ……。い、いっぱい……入りたいから。お姉ちゃんの……中」

「嬉しい……。あっ……あぁ……。筆ちゃんの……ゴシゴシしてくれて……。すごく、気持ちいいのぉ……。あぁ……あぁぁ！」
お姉ちゃんは僕を抱きしめながら、気持ちいい声をあげる。
「私のだからね……。筆ちゃんは……。大好き……大好きぃ……」
お姉ちゃんの脚が僕の腰に絡みついて、お尻をぐいぐい押してくる。まるで、お姉ちゃんの中に、僕の身体を全部挿れちゃおうとしてるみたいに……。
「いっ……いぃ……。もっと……もっとぉ……。筆ちゃん……。いっ、アンッ……んっ！くぅぅ！　あんっ……あんっ‼」
お姉ちゃんの穴はさっきよりぎゅーって狭くなって、すごい力で僕のをゴシゴシしてくる。手でされるのも気持ちいいけど、やぱり……エッチな穴の方が……ぁ……。
「あっ……あっ……。お、お姉ちゃん……。僕……またぁ……」
「うん……うん……出したいのね？　はぁ……はぁ……。そのまま、出しなさい。お姉ちゃん、アソコで……筆ちゃんのおしっこ……飲みたいから……」
「はう……。うん……うん……」
お姉ちゃんの長い手足に包み込まれながら、僕は腰をいっぱい動かした。
「んっ……んっ……お姉ちゃん……お姉ちゃん……大好き……大好きぃぃ」
「はう……あぁ……。私もよぉ……筆ちゃん……大好き……好きよぉぉぉぉ‼」
「あ……出る……出ちゃう……おしっこ……あ……もう！　もぉぉぉ！」

「頂戴!!　お姉ちゃんの中にぃ……熱い、白いのぉぉぉぉ!!」
「で、で、で……出るよぉぉぉぉ！　うっ！　ううぅ！　うぅぅぅぅぅぅ!!」
僕は大きなおっぱいに顔を埋めて、おちんちんに力を入れた。
「お、お姉ちゃんもぉぉ……い……い……いっくぅぅぅぅぅぅぅ!!」
アソコがぎゅーって狭まっておちんちんが抱きしめられ、長い手足は僕の身体をぎゅーってしてくれる。
僕……お姉ちゃんの中に……入っちゃった気分……。
「あ……あ……。出てる……笙ちゃんの……白いおしっこ……ぴゅっ、ぴゅっ……してるね……。は……あぁ……はぁ……」
お姉ちゃんのアソコがズルズル動いてるから、おしっこが止まらない……。気持ち良すぎるよー……お姉ちゃんの中ぁ……。
気がついたら、エッチをする前に感じてた不安は……消えてる。
「はぁ……はぁ……。いい子ね……笙ちゃん……いい子ぉ……」
お姉ちゃんが僕の頭を撫でながら、大きく呼吸してる……。
「このまま、もっとしたいけど……。のぼせちゃうから……。ね？　ベッド……行こう？　もっと……もっと……お姉ちゃんに、おしっこ……して」
僕はお姉ちゃんのおっぱいをちゅーちゅーしながら頷いた……。

「それじゃ……二人にお願いするけど……」
　明日から弓道部の合宿が始まる。部長のお姉ちゃんは休むことができないので、前からの約束どおり、保奈美さんと夏樹さんが家にやってきた。
「うん。まかせて梓ちゃん♪　私と夏樹ちゃんの二人で、ちゃーんと笙太くんのお世話するから。ねえ？」
「ああ。安心して合宿行って大丈夫だからさ。面倒見るの、任せとけ」
　お風呂のエッチからあと、僕とお姉ちゃんは毎日セックスをしまくってる。朝は目が覚めるとお姉ちゃんが僕のを食べてるし、朝ごはんの時もイチャイチャしながら。
　学校から帰ってきたらすぐに挿《い》れちゃって、疲れて眠くなるまで白いおしっこを、お姉ちゃんの中にいっぱい出した。
　ラブラブになった僕は、お姉ちゃんに出かけてほしくないけど、ガマンするしかない。
「う……うん」
　久しぶりに会った二人はなんだかすごく嬉しそうだった。でもお姉ちゃんはなんだか不安そうで、保奈美さんが明日からの予定をあれこれ尋ねても、「うん」とか、「えーと」ってい

う感じで答えていた。
「それじゃ……。笙ちゃんのお世話をお願いします」
こんな感じで、お姉ちゃんはずっと元気がなかった。どうしたんだろう？
保奈美さんたちはそのまま泊まるのかと思ったら、今日は帰っていった。
僕と二人きりになると、お姉ちゃんはソファーに座ってる僕に抱きついてくる。
「ど、どうしたの？」
「うん……笙ちゃん。あのね……」
また強くギュッとしてから、僕の目を見つめて話し始めた。
「短い間だけど、笙ちゃんと離れるの……やだな」
「僕もだよ。本当は、行かないでって……言いたいよ。でも、お姉ちゃん困るでしょ？だから、僕……ガマンする」
今度は僕がお姉ちゃんに抱きつき、キスをした。
「んっ……ちゅっ。んっ……」
「ちゅ……ちゅぷ……。んっ……。ふあ……。ごめんね笙ちゃん。ふう、やっぱり、お姉ちゃん、心配……」
「僕、良い子にしてるよ？　保奈美さんたちの言うこと聞いて」
「ううん。そうじゃなくてね……笙ちゃんから見て、保奈美と夏樹って、どう？　二人と

もちろんだけど、保奈美さんも、夏樹さんも、すごくキレイ。
校で友達にエッチなＤＶＤを渡されそうになった時も、比べちゃったなー。お姉ちゃんは
学校の女子とか、テレビに出てる人とかを思い出しながら、僕は言った。そういえば、学
「えと……。うん」
も美人だよね」

「やっぱり、そうよねえ……」
お姉ちゃんは僕のお股に手を置いて、ゆっくり上下に動かし始めた。
「ふあ……あ……あ……」
たちまち硬くなった僕のを嬉しそうに撫でながら、熱っぽい言葉で語りかけてくる。
「保奈美と夏樹に、笙ちゃん……取られちゃいそうで怖い」
「は……うぅ。そ、それは……絶対にないよぉ……」
「僕、お姉ちゃんしか、好きにならないんだから」
服の上からお姉ちゃんのおっぱいを掴んで、やわらかいのをモミモミした。
「あ……んっ。はぁ……あぁ……。本当に？」
「本当だよぉ。本当の、本当」
「嬉しい……」
お姉ちゃんは僕のズボンの中に手を入れて、おちんちんをギュッと握った。
「今日は、いっぱいしようね」

「うん……」
まだ夜になってないのに、僕はソファーの上に押し倒された。

次の日、学校から帰ると、なにかおいしそうな匂いが漂ってきた。
「ただいまー。ふわー、いい匂いだぁ～」
思わずそう言うと、リビングのドアが開いて、夏樹さんが廊下に出てきた。
「お帰り笙太。遅かったな」
「え？　急いで帰ってきましたよ？」
「夏樹ちゃんたら、笙太くんを待ちきれなかったのよ。お帰りなさい」
続いて出てきた保奈美さんは、エプロン姿だった。
「ただいま。保奈美さんがお料理していたんですか？　すごくいい匂いがする」
「ええ。まだ早いんだけど、初日だからね。いろいろ凝ったもの作っちゃった♪」
「ちぇっ。保奈美だって、笙太と一緒に暮らせるの、楽しみにしてたじゃないか」
「うふふ♪」
二人が僕を玄関でお迎えしてくれた。お姉ちゃんがいないので心配だったけど、これなら大丈夫かな。
夕ごはんは、すごく豪華だった。エビフライに、ハンバーグに、シチューに。

「す、すごい……これ、二人で作ったんですか？」
「ああ！ ……と言いたいけど、ほとんど保奈美。アタシは味見役だな」
なのに威張ってる夏樹さんを見ながら、保奈美さんは笑っていた。
「でもな、気をつけろよ。保奈美が笙太の嫌いなもの、こっそり入れてたから」
「ええ⁉」
「ないわよ、そんなの！ 梓ちゃんから、笙太くんの好き嫌い、ちゃんと聞いておいたんだから」
「ハハハ。わりー、わりー。笙太の驚く顔、可愛いから見たくなったんだ」
「明日は、夏樹ちゃんの嫌いなメニューにするわね」
「うそだろ⁉」
夏樹さんの焦った声に、僕は笑っちゃった。
「あはは。夏樹さん、お姉さんなのに、嫌いなモノ、あるんですか？」
「うう、お姉さんにもあるんだよ。いいから食おうぜ！」
「そうね。さ、座って、座って♪」
僕がいつもの席に座ると、楽しい夕ごはんが始まった。
お腹いっぱいに食べて、お風呂にも入って。部屋で、明日の準備をしていたら、保奈美さんと夏樹さんがやってきた。

「お邪魔するわねー。相変わらずキレイにしてるんだー」
「宿題は終わったか？」
「今日はないです」
　夜になってからの二人の訪問に、僕はちょっとドキドキしていた。お姉ちゃんと恋人同士になる前、二人が僕にすごくエッチなことをしてくれたのを思い出して。
「そう。じゃあ、筆太くん。ちょっと、こっちに来てくれる？」
「え……なんです？」
「ちょっと質問があるの。はい、こっちこっち」
「ふあ……？」
　保奈美さんが僕の手を握って、ベッドの端に導いた。言われるまま座ると、左に保奈美さん、右に夏樹さんが座った。身体はくっつけてこないけど、保奈美さんの手が僕の膝の上に乗っている。やっぱり……ドキドキする。
「な、なんですか……？」
「うん、もう……それ、やめよう？」
　保奈美さんが前かがみになって、僕の顔を下から見上げる。
「そ、それって……？」
「敬語よ。前から言おうと思ってたんだけど」
「あ、確かに。あのさあ、筆太ぁー」

今度は夏樹さんも、僕の膝の上に手を置いた。
「アタシら、もう友達じゃん？　友達なのに、敬語はおかしいだろう？」
夏樹さんが僕に身体をぐーっと押しつけて、言ってきた。おっぱいが、おっぱいが、肩に当たってる。お姉ちゃんよりも弾力が強いおっぱいが……。
「そうそう。夏樹ちゃんの言うとおりよ」
保奈美さんが僕の左腕を掴み、二の腕の辺りを胸の谷間に押し込んだ。や、やわらかい……。おっきくて、やわらかくて……。
「はぁ……あっ……。わ、分かりました！　もう、敬語やめますー！」
「やめます、じゃないでしょ？」
保奈美さんが腕をギュッと抱きしめたので、やわらかいおっぱいに腕が優しく包まれていく。
「あ……あ……。えと……や、やめるよー！」
二人のおっぱいを感じながら、僕はなんとか宣言した。
「よくできましたぁ～」
「おお、筆太偉いぞ♪」
夏樹さんが僕の頭を撫で、もっと身体を押しつけてくる。二人のおっぱいを感じて僕はアソコが熱くなって、膨らんでるんだけど、気づかれないようにごまかした。
「それじゃ保奈美お姉さんから、とっても大切な質問。教えてくれるかなー？」

「なんですか……じゃなくて、なーに？」
保奈美さんが顔を僕に近づけて、ちょっと真剣な表情になって僕に尋ねた。
「梓ちゃんと仲直りできた？」
「仲直り……？　僕、お姉ちゃんとケンカなんてしてないよ？」
「梓が、笙太に冷たい態度とってたろ？　あれは、なくなったのかって話だ」
聞かれてることがやっと分かった。これなら、答えても良さそうだ。
「うん。お姉ちゃん、前みたく優しくなったよ」
僕がそう答えると二人は顔を見合わせて頷いた。なんだかちょっと嬉しそう。
「やっぱりなー。学校で梓、機嫌いいもんなー」
「ホントね。絶対になにかあったと思ったけど。……笙太くん、梓ちゃんと、すっごい仲良しになったのかな？」
僕は思わず、顔を赤くしちゃった。すっごい仲良しになれたから。毎日、お姉ちゃんとエッチなことしてるし……。
「あー、顔を赤くした。つまり、ラブラブってことなのかな？」
「うっ……うん。すごく……ラブラブ……」
僕が言った瞬間、二人はお互いの手をあわせてパーンッと鳴らした。ハイタッチだよね、今の？
「ふぅ～。まあ間違いないとは思ったけれど。梓ちゃん、嬉しそうだったし」

「うふふ。そうよね。『初めて』を奪ったら、梓ちゃんが怒ると思ってたからガマンしてたけど……」
「ふう……。てことは、保奈美。筆太はさ……」
なんで二人はこんなに喜んでくれてるんだろう？
「え……？　え……？」
「苦労させられたよなぁ。うんうん」
保奈美さんの声が、とってもエッチに聞こえた。
このままじゃ、ベッドの上に押し倒されるかも……。僕はドキドキしながら身構えたけど、反対に二人は身体をすいっと離しちゃった。あ、あれ？
「んー……でも、心配じゃない、夏樹ちゃん」
「確かに。梓も、筆太も、ビギナーだろ？　特に筆太はなぁ……」
「え⁉　僕が……な、なに？」
さっきまでいやらしい顔をしていたのに？　今度はすごく心配そうな顔をしている。
「筆太さー、梓の穴は気持ち良かったかー？」
「うん。す、すごく……。ふ、ふあ⁉　え……僕、お姉ちゃんとエッチしたなんて、い、言ってないよぉ……」
慌てて首を振ったけど、もう遅い。言っちゃった……。
「慌てない、慌てない。お姉さんたちは、ぜーんぶ分かってたんだから。ねえ？」

「ああ。二人がやりまくりなことなんて、お見通しだ」
すごい……。やっぱり年上のお姉さんにはかなわないよぉ……。
「うふふ、ラブラブなのねぇ～♪」
「ちょっと妬けるな」
二人の手が、また僕のお股に触れた。
「は……はう……。あ、あの……」
「じゃあ、お姉さんたちと、お勉強しよっか。梓ちゃんを、もっと気持ち良くする方法」
硬くなりっぱなしだったおちんちんが、ぴくんっと震える。
「男の方が、リードしてやらないとな。梓に、もっと喜んでほしいだろ？」
僕は思わず頷いてしまった。
夏樹さんがエッチな顔で微笑む。おっぱいがまた押しつけられたので、パンツの中で硬いのがビクビクしちゃった。
「でも……。でも……。それって……。保奈美さんと、夏樹さんと……エッチするの？」
僕はお姉ちゃんが好きで、だからエッチもしたんだけど……。
「梓ちゃんが言ってたでしょ？『笙ちゃんのお世話をお願いします』って。男の子のお世話っていうのはね、普通こっちのコトもお願いって言ってるのよ？」
保奈美さんの手が円を描くように動いて、きとうをゆっくりと撫で始める。
「はう……う……はう……」

夏樹さんの手が僕の脚の間に潜り込んで、タマタマを指先で突《つっ》いた。
「ここに溜まってたら苦しいだろ？　梓の代わりに、アタシたちがお世話してやっから」
「い、いいのかな。お姉ちゃんが言ってたから……。い、いいのかな……。
「あ、もしかして……。私たちと、するの……イヤなのかな？」
「え……!?　そ、そんなこと……ないよな？」
保奈美さんと夏樹さんの手が止まり、僕を悲しそうに見つめてる。そんな顔で言われたら、僕……僕……。
「う……ううん。えと……。お、お、教えてほしいよぉ……。お姉ちゃんを、もっと、気持ち良くする方法」
アソコをカチカチにしながら言うと、二人が抱きついてきた。

最初の先生は、夏樹さんだった。
「これ……結構、ハズいな……」
僕の目の前でスカートとパンツを脱いだ夏樹さん。ベッドにあがると仰向けになって、脚を左右に開いた。
ぷっくりと膨らんだお肉に、線が一本縦に走ってる。夏樹さんの指が自分のアソコを指したので、手首に巻かれてるアクセサリがちゃりんと鳴る。
「笙太、近づいて……よーく見ろ」

僕は顔が真っ赤になるのが分かった。
「み、見て……いいの？」
「そのために、こうしてんだよ。ほら……来いよ」
「う、うん……」
僕はベッドにあがって、夏樹さんのアソコに顔を近づける。
「う……わ。筀太の顔が、そんなに近づくと……や、やっぱりハズいな……」
「あら？　男の子に、そこを見せたことないの？」
椅子に座ってる保奈美さんが、楽しそうに聞いた。
「あ、あるけどさ。筀太みたく、熱心に見ようとしてんのは初めてだよ。だいたい、すぐに挿れたがるからさー」
「あ……え……だ、だめ？」
「いいよ。遠慮すんな」
「う、うん」
僕はじっくり観察するために、夏樹さんのそこに顔をできるだけ近づけた。
「は……あぁ……。ぷっくりしたお肉がくっついてる……」
「まだ開いてねーからな……くぅ。筀太に見られてるだけで、ジンジンしてくんなぁ」
「夏樹ちゃぁ〜ん？　それじゃ、よく分かんないと思うんだけどー？」
保奈美さんにからかわれて、夏樹さんは軽く「ちぇっ」と言った。

「わーってるよ。いいか筆太？　これはな、まだ閉じて、大切なところを隠してる状態なんだよ。女の本当の入り口はな……」

夏樹さんの右手が、太ももの裏側から回り込んで、自分のアソコに触れた。ぷっくりとしてるお肉に中指を引っかけると、ゆっくり外側に移動させていく。

にちゃっ……って音がして、夏樹さんのぷっくりお肉が。

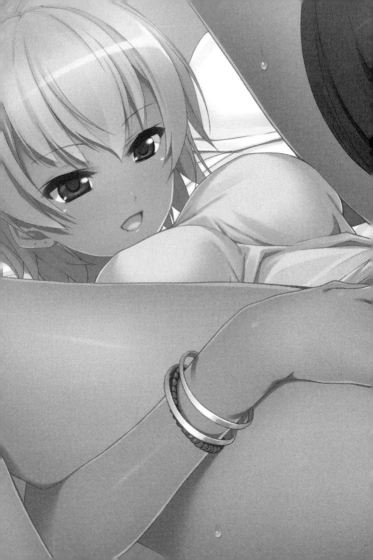

「ふわ……あぁ……。ホントに……ひ、開いてる……。ここぉ……」
肌が少し黒い夏樹さんだけど、そこは……すっごいキレイなピンク色だった。
「きれい……。ピンク色だぁ……夏樹さんのぉ……穴ぁ……」
「くっ……。だから、は、ハズいって……。くぅ、こんな風にしてやるの、笙太にだけだぞ。特別だからな……。ほら！」
夏樹さんはもう片方にも指をかけて、ぷっくりお肉を左右にぴらっと開いてくれた。奥に隠れていた花びらがふわーっと広がり、その奥にくちゅくちゅの溝がある。
「お花が咲いてるよ……。夏樹さんの、ココぉ……」
「そんな風に言う奴、初めてだぞ。笙太は……可愛いなぁ……。ほら、ここが、女の穴だ。ここに、笙太のが入るんだからな」
「う、うん……」
もっと顔を近づけて、穴の形をじっくり観察した。前、エプロン姿のお姉ちゃんの穴を見たことあったけど、あの時は夢中でペロペロしたから、こんなによく形を見ることはしなかった。
「はぁ……はぁ……。しょ、笙太……夢中になって見てるな。くっ……。ちょ、ちょっと、舐めてみるか……？」
「い……いいの？」
「ああ……。あ……でも……。舐めるのは……笙太ぁ……よ、よく見てろよ？」

夏樹さんは声を震わせながらワレメの上の方を指で触ると、ぴらっと皮を剥いた。
「ほ……ら。ここに、肉の……豆みたいのあるだろ？　見えるか？」
「うん……。本当に豆がある……これ、なに？」
「く、クリトリスっていうんだ……。ここはな……」
「笙太くん。そこね、乳首みたく、舐めたり、吸ったりしてあげて」
「うわ、おい、保奈美っ⁉」
保奈美さんが説明に割り込んできたので、僕は言われたとおり顔をクリトリスっていうところに近づけて、唇で挟んだ。
「はむっ……ちゅ……んっ……」
「くひぃいいぃいぃい‼　いっ！　いんっ！　いっ！　くふぅぅぅ‼」
「ふえ⁉」
今までで一番大きな夏樹さんの声。僕はびっくりして顔を離してしまった。見ると溝の奥がパクパクしてて、エッチなお汁がぶくぶくと泡立ってる。
「い、痛かったの……？」
「ちが……。はっ……あぁ。はぁ……はぁ……」
夏樹さんが僕の目を見つめながら、クリトリスを覆っていた皮を引っ張った。
「あ……。さっきより、大きくなってる……」
「笙太のと一緒だ。気持ち良くなると、大きくなるんだ」

「そうなんだ……。これ、お姉ちゃんにもあるの？」
「当たり前だ。梓も、感じまくるぞ」
「そうなんだ……。じゃあ……僕……。夏樹さんのクリトリスをフェラチオするね」
僕は口を近づけ、ぷっくりと大きくなった肉の豆を上下の唇で挟んだ。
「くぅ……。エロい、言い方……すんなぁ……。あっ！　あぁぁ!!　くふぅぅ！　んっ、んっ!!　くふぅぅ！」
唇で挟んだら、優しく優しく噛む。そして、舌先で、豆の頂点をツンツンと突《つっ》いた。
「じゅぷ……ちゅぅ……ちゅ……んっ……んっ……」
「ふあっ!!　あぁぁ！　いっ……いっ……んっ！　くあっ！　気持ちいぃぃ！」
夏樹さんのクリトリスはすっごく硬くなってて、本当に僕のきとうみたいだ。さっきよりちょっと膨らんだので唇をちょっとだけ前後に動かして、肉の豆をなでなでしてみる。これって、本当に……フェラチオみたいだ。
「ふあぁぁんっ！　そ、そんな……擦り方ぁ!?　くぅぅ！　あっ！　あぁぁぁ！」
「夏樹ちゃん、すっごい感じ方ぁ……。全然余裕がないじゃない。そんなに、いいの？」
「あ……あぁ。筆太の唇……やわらかくて……。それが、クリを包んで、ゴシゴシするから、アタシのぉ……くぅぅ！　こんな上手い、クリ舐め、されたことねーよぉぉ！」
夏樹さんがすごく感じてくれてるのが嬉しくなった。僕は顔をアソコに押しつけながら、たっぷりと夏樹さんのクリトリスをフェラチオした。

「じゅぶ……じゅぶ……んっ……じゅぶ……。じゅぶ……じゅぶ……んっ……」
「くぅ！　くぅぅ！　あっ！　あぁぁ！　あぁぁぁ！　しょ、しょ……笙太ぁんっ！」
「ぴちゃ……んっ……んっ……ンッ……。ちゅーーーー」
「くふひぎぃ!?　そんな吸い方したら……あぁ……あぁっ！　あぁぁ！」
もっと、もっと感じさせたい。夏樹さんを……。そうだ、乳首をペロペロした時は、軽く噛んだらすごく喜んでくれた。あれを、クリトリスにもしてみよう。
口を上下に開けて、歯の先にほんのちょっとの力を入れて、カリッとクリトリスを噛んでみた。
「くひぃぃぃぃぃぃぃぃぃぃぃ！　いっ……くぅぅぅぅぅぅぅ!!」
「ふあ!?」
夏樹さんのアソコから、熱いお汁がぶしゃーって噴き出して、僕の顔に当たった。
「いぐ……いぐぅ……。いく……。ば、バカ……。な、なんてことしやがるんだ……。か、噛むなんて……。思わず……い、イっちゃったろ……。あ……あぁ……」
「笙太くんてば、案外テクニシャンなのねぇ～」
いつの間にか背後に保奈美さんがいて、僕のズボンに手をかけていた。
「夏樹ちゃんに潮吹きさせるなんて。お姉さん、びっくりしちゃった」
「あ……あの……。保奈美さん……あの……」
おっぱいを背中に押しつけながら、僕のズボンとパンツを一緒に降ろしていく。

「よっく見て。夏樹ちゃんのアソコ。もう、じゅくじゅくになっちゃってるでしょ？　ワレメもいっぱい広がっちゃって」
「ほ、ホントだ……」
夏樹さんのアソコは、指で押さえていないのに左右にぱっくり広がっていて、溝の中には白く濁ったエッチなお汁が溜まってる。そして、その奥の穴は、口のように開いたり、閉じたりしていた。
「はぁ……はぁ……。笙太ぁ……。それ、ここ……挿れていいぞ。早くぅぅ……」
背後から僕を抱きしめている保奈美さんが、おちんちんをギュッと握って、ちょっとだけかかっていた皮を剥いてくれた。
「すっごく硬くなってる。これ、夏樹ちゃんに挿れてあげて。一人でできるかな？」
「う、うん。僕、やってみるよ」
お風呂場で挿れることができなくて泣いちゃってから、お姉ちゃんはいつも僕のを握って場所を教えてくれる。でも、夏樹さんのアソコで勉強させて貰ったから、今日は、自分だけでやってみたい。
「はぁ……はぁ……。ココだぞ……ここだからなぁ……」
夏樹さんが指で穴の位置を教えてくれるのをじっくり見つめる。僕が観察してる間にも、白くなったお汁がどんどん出てきて、アソコが泣いてるみたいだ。
「早く……早くしろよ……。アタシ、見られてるだけで……イキそうなんだから」

手が僕の胸に伸びてシャツを引っ張る。
「あ、待って、待ってよ。夏樹さん。えと……んしょ……」
夏樹さんの前で正座するようにしてから、右手でおちんちんを握った。夏樹さんの穴を
もう一度、じっくり見つめてから腰を持ち上げて、ゆっくりと穴に向かっていく。
「く……ふぅ……。当たってる……。ほら、もうちょっとだ……」
「うん……」
穴の角度を思い出しながら腰を持ち上げて、おちんちんを静かに溝の中に埋めていく。と、
先っぽがぐにょっとした部分に当たった。
「も、もうちょっと……左。筆太から見て……」
「う、うん！　い、挿れるよ。夏樹さんの中に……ぃ……」
先っぽを言われたとおりちょっと左に動かして、夏樹さんの穴の位置をイメージしなが
らゆっくりと腰を突き出した。今度はどこにも当たらず、穴の中心におちんちんがゆっく
りと挿し込まれていく……。
「んっ……来たぁ……。んっ……くふぅ……」
「ふ……あぁ……。は、は、入ったよぉぉ……」
「あ……あぁ……。可愛い……なぁ……。筆太のぉ」
初めて、お姉ちゃん以外の人に……挿れちゃった。ごめんなさい、お姉ちゃん。でも、こ
れ……お勉強で……。えと……はう……。やっぱり、気持ちいい……。

夏樹さんに抱きつくような格好になりながら、おちんちんをもっと奥へ挿れていく。じゅぼ、じゅぼって音を出しながら、穴の奥に……。

「お……おぉ……。いつもと……違うところ……当たるぅ。んっ……」

「はぁ……はぁ……。んっ……んっ……んっ!?」

夏樹さんのアソコは、僕のをギュッと掴んで放さない。優しく包んでくれるお姉ちゃんの穴とはすごく違う感じ。

「ふあ! あっ……。な、夏樹さんの……すごい……っ。んっ……」

「んくっ。……んっ。よし……そのまま、う、動け……ぇ。あ……アンッ……んっ」

「うん! 動くよ、僕……動くからね! んっ! んっ! んっ!」

お姉ちゃんにする時みたく、腰を前後に動かして、夏樹さんの穴におちんちんを出し入れした。穴の中を何回も、何回も、カチカチなのを往復させる。

「はっ……くぅ! しょ、笙太ぁ……。くぅ……んっ……」

「んっ! んっ……くぅ! 熱いぃ……。夏樹さんの……中も、すごく……熱いぃ」

「ふあっ! あっ……笙太っ。あ、あのな……。お前の、先っぽを……。もっと、壁に……壁にぃ……。突き刺す……感じで動いて……みろ。ふ……くぅ」

そんな動かし方、考えたこともなかった。今までは、穴に沿ってズボズボしてたから。夏樹さんの言うとおり、やってみよう。少し、おちんちんの角度を変えて……。

「こ、こう……? くふぅ!?」

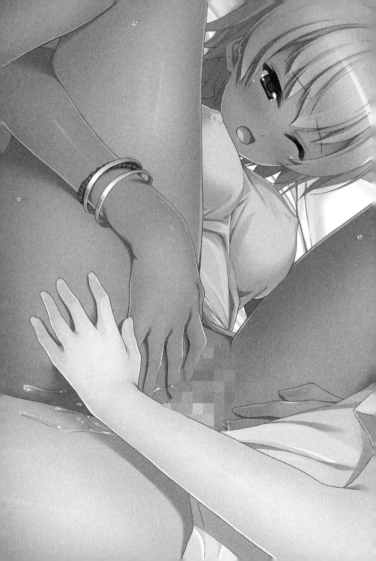

「くひっ！　そ、そうだ！　あっ！　可愛いのが、ゴリゴリ来る……うっ！　あふぅ！　あっ！　いっ！　いぃいぃ！」

アソコの壁がぎゅって噛みついてきた。ザラザラの内側でおちんちんが擦られるから、叫び声が出そうなほど気持ちいい。

「はうぅぅ！　これ、すごいよー。夏樹さんの、内側……すごく……でこぼこでぇ。あっ！　あぁぁ！　くぅぅ！　んっ！　んっ！」

「そ、そうだぁ！　もっと、もっと……壁を……亀頭で、突けぇ！　あっ！　あぁぁ！」

「こうなの⁉　こうやって、動かせば……いいのぉ？　気持ちいいのぉ⁉」

「あっ！　あぁぁ！　いいぞぉぉ！　あっ！　あぁぁ！　こんな挿入されたこと、ねーよぉぉぉ！　あぁ！　筆太のぉ、ちっちゃいくせにぃ……か、感じるぅぅ‼」

ベッドから降りて僕たちの様子を見つめてる保奈美さんが、熱っぽい声で聞いてきた。

「違うの？　他の男子と、違うの？」

「うん。か、可愛いのが……ちっちゃいのが、穴の中で、暴れまくってる……感じで。普段、触られないところぉ……いっぱい、ゴツゴツされて！　イッ！　いぃぃ！」

「すごい……。夏樹ちゃんを……こんなに感じさせるなんて……はぁ、ハァ……」

保奈美さんは息を荒くし始めた。すごくエッチな吐息だ……。

「こらぁ……。アタシとしてる時は、アタシに……集中しろぉっ！　んっ！」

「ひゃぅぅ……。ごめんなさい。こ、こう？　こうしたらいいのぉ？」

夏樹さんの中に入ったまま、お尻をまぁーるく動かした。きとうが、でこぼこをゴリゴリ擦るからすっごく気持ちいい。それは、夏樹さんも……。
「ふくぅはあああああ！　いっ！　いぃいぃぃ！　か、掻き回されてるぅぅ！　アタシのぉ、アタシのなかぁぁ！　んっ！　んっ‼」
すごい声で喜んでくれるのは嬉しいけど、この動かし方だときとうが刺激されすぎて、僕は……もう……。
「はぁ……はぁ……。夏樹さん……僕、僕……おしっこぉ。おしっこ……したいよぉ」
「はっ……くぅ。お、おしっこぉ⁉　ん……あ……。白いのか……。い、いいぞ。出して……。アタシも……アタシもぉ。もう……い、イキそうだからな。中に出せ」
「いいの？　夏樹さんの中にぃ……？」
「あぁ……あぁ……。遠慮なくぅ……うっ！　んっ！」
僕は夏樹さんの身体に抱きついて、腰をぐるぐると回転させせて、いっぱい内側を擦った。もう気持ち良すぎて、息ができなくなってきた……。
「はぁぁぁ！　はぁぁぁ！　だめえ、これぇ……良すぎるよぉぉぉ‼」
「すごいっ！　すごい、擦り方ぁぁ！　あっ！　あぁぁ！　アタシ、イクからぁ！　イクう、イクぅぅぅ！　笙太ぁぁぁ！　出せぇぇ！　白いのぉぉぉ、白いおしっこぉぉ！」
「うん！　うん！　僕ぅ！　僕っぅぅ……おしっこ、出ちゃうよぉぉぉぉぉぉ‼」
最後はズボッと夏樹さんの中に挿し込んで、一番深いとこでおしっこをぴゅーって、い

っぱい出した。
「んっっっくぅぅぅぅぅ!! 当たってぇぇ! いっ、いっ、いっ……」
夏樹さんが抱きついてきて、脚まで僕の腰に絡ませながら、すごい声を出した。
「いっくぅぅ!! イックぅぅぅぅぅぅぅ!! んっ、んっ、んっーーー!!」
びくんっ、びくんっ……て、何回も何回も夏樹さんの身体が跳ねて、アソコの壁がおちんちんに噛みついてきた。その度に、おちんちんに残ってたおしっこが吸われるみたいで、また穴の中にぴゅっぴゅっしちゃう。
「んっ……んっ! んっ………! くっ……ぷはあああああ……………」
夏樹さんが息を全部吐き出しながら脚と腕を僕から放し、ベッドに大の字になった。
「はぁ……はぁ……はぁ……。くそぉ、篁太にイかされるなんてぇ……」
「夏樹さんの……穴……。すごかったよぉ……。はぁ……はぁ……」
あんな動かし方で、女の人は気持ちいいんだ。今度、お姉ちゃんにしてみよう。
「こらっ!」
夏樹さんにおでこをペシッとデコピンされた。
「アタシとセックスしてる時は、アタシのことだけ考えろって言ったろ。まったく……。普通の男は、アタシの穴を経験すると、他の女なんて忘れちゃうのに」
僕はおでこを撫でさすりながら頭を下げた。
「ごめんなさい……」

「許してやるよ。許してやる代わりに、また使え……アタシの穴。まだ、笙太の、カチカチじゃねーか」
夏樹さんの穴の壁がギュッて、また噛みついてくる。
「はうぅ……」
気持ちいい……。夏樹さんが言うなら、もう一回……。
僕が腰に力を入れようとした瞬間、肩を掴まれて後ろに引っ張られた。
「ふあ⁉」
おちんちんがスポッと抜けちゃって、夏樹さんと僕のが混ざったお汁が、ぴゅって空中に飛んだ。
「あ、こら、保奈美っ！」
「独り占めは、ズルいわ」
引っ張られてベッドから降りると、正面に保奈美さんが立った。
「わ……わ……。お、おっぱい……」
いつの間にか保奈美さんは服を半分脱いでいて、大きな大きなおっぱいがぽろんて出てる。久々に見たけれど、やっぱりすっごい大きい。お姉ちゃんよりも……。
「今度は、保奈美お姉さんとお勉強しましょ……？」
「は、はい……し、したいです」
大きなおっぱいに目を奪われながら、思わず敬語で答えちゃった。

「うふふ……。嬉しい。それじゃ……」

保奈美さんはスカートを捲りあげると、僕によく見えるようにしながらパンツをゆっくりと脱いでいった。思わず僕は、ゴクッと喉を鳴らして唾を飲んじゃった……。

「うふふ……。すごく硬くなってるね。筆太くんの。夏樹ちゃんとは正常位だったから、今度は……」

保奈美さんはゆっくりと身体を反転させて、僕に背中を見せた。どうするんだろうと思ったら、そのまま犬みたいに四つん這いになってお尻を突き出す格好をした。

「ひゃ……ひゃうぅ……」

脚をゆっくりと開くと、保奈美さんのエッチなところが広がった。ぷにぷにのお肉が左右に割れて、お姉ちゃんよりも薄いピンク色の花びらが咲いてる。女の人によって、色も、形もちょっとずつ違うんだ……。

僕はしゃがんで、保奈美さんのアソコをじっと見てると、奥からトロリとお汁が流れ出てきた。そのまま床に向かってつーって垂れていく。それは止まることがないから、エッチなシミがどんどん大きくなった。

「お姉さんのアソコ……どうなってるかな？」

保奈美さんは四つん這いのまま振り返り、おっぱいをぷるんと揺らした。

「す、すごく……ぐちょぐちょになってる。ひ、開いてて、お汁も……いっぱい出てて。あ……花びらも、キレイ……」

「うふふ……。二人のエッチ見てたら、ぬるぬるになっちゃった。ほら……笙太くん」
お尻がクイッと持ちあがり、ぷにぷにのお肉同士が擦れてぐちゅって鳴った。
「梓ちゃんに、後ろから挿れたこと、ある？」
「えと……。立ってるお姉ちゃんに……」
「あら。意外ね。それじゃ、上手にできるかな？　ね……挿れてみよっか」
僕は無言で頷いて、お姉ちゃんの時と同じように、背中に抱きついた。
「あ……。んっ……。硬いの、当たってる……」
大きなお尻にお腹の辺りを押しつけて、おちんちんは保奈美さんのぷにぷにお肉の間に、ゆっくりと……。夏樹さんに挿れた時とはちょっと違うけど、穴の位置はたぶん、この辺だから……。
慎重に腰を動かすと、きとうが保奈美さんの溝に潜り込んだ。よし、このまま、腰を前に……。
「あ……あれ……？」
「残念。うふふ」
溝の中におちんちんを挿し込んだけど、そこに穴はなかった。お姉ちゃんや、夏樹さんだったら、この辺だと思ったのに。
「私はね、他の子より、ちょっと下つきっぽいから、もうちょっと……上なの」
「はう……。女の人によって、穴の位置が違うの？」

「そうよ。お勉強になったね。……じゃあ、もう一度」

「うん」

保奈美さんの背中にしがみついて、目標をもうちょっと上にして腰を前に突き出した。

「んっ……。そう……そこよ……。うふ、すごい硬い」

「はぁ……あっ……。は、入ったぁ……」

やっと保奈美さんの穴の中におちんちんが入った。思ったよりも上の方にあったから、これなら後ろからの方が挿れやすいなぁ……。お姉ちゃんは、どうなんだろ？」

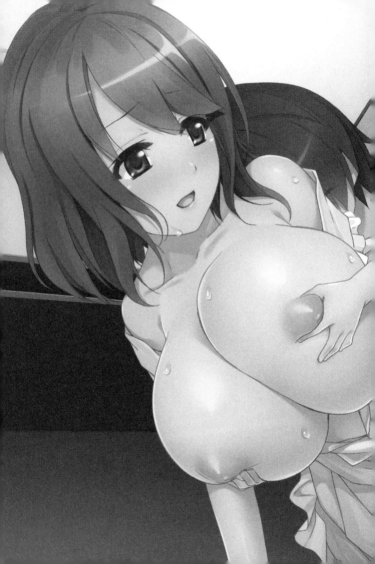

「あんっ……。可愛い、笙太くんのぉ。そのまま動けるかなー？」
「や、やってみる」
ぬるぬるでトロトロの保奈美さんの穴の中。夏樹さんのみたく壁が噛みついたりしてこないけど、でこぼこがすごくあって、ちょっとしか挿れてないのに、もう気持ちいい。
「動かす……よぉ……。んっ……んっ……」
「く……んっ。上手……。ホントに、いつもと……違うところをコリコリされちゃう。はぁ……んっ……」
保奈美さんが感じてくれてる。もっと、頑張らないと……。僕は、もっといっぱい動かそうと、腰を引いてみた。……ら。抜けちゃった。
「あん……。抜いちゃ……いやよぉ……」
「ごめんなさい……」
さっき入ったイメージを思い出しながら、腰を前にゆっくりと出す。穴の中に無事おちんちんが入ったけど、ズボズボしようとしたら、また抜けちゃいそうだ。僕のおちんちんが、もっと長ければいいのに……。
「は……んっ。笙太くん……。ゆっくりで……いいから。う、動かして……みよっか」
「う、うん……」
抜けないようにするには前後にはダメだ。それなら……。僕は、夏樹さんに教えてもらった方法を思い出した。腰を前じゃなくて、下から上に……えいっ！

「はうんっ⁉　あっ……あっ……。そ、そんな動かし方……ぁ！　あっ、あぁぁ！」
壁をきとうでツンツンしたら、エッチな声が出た。僕は、そのまま腰を突き上げるようにして、保奈美さんの上壁をいっぱいズボズボする。
「あっ‼　あぁぁぁ！　な、夏樹ちゃんにした方法ね？　覚えたこと……すぐに……するなんて……。研究熱心……ねっ……。あっ！　気持ちいいわよー……んっ」
良かった。保奈美さんが気持ち良くなってる。僕はしっかり抱きついて、穴の壁を何度も何度も突《つっ》いた。
「んっ……。うん……。くぅ……。そんなところ、擦られたこと……ないわ。あっ、あぁ、ちっちゃいのに……。すごく、気持ちいい……。筆太くん、私の中……どう？」
「気持ちいいよぉ……。すごくぬるぬるで、あったかくて……」
「うふふ。嬉しい♪　おしっこ、したくなったら出しちゃっていいからね……んっ」
夏樹さんと違って、保奈美さんはなんだか余裕だ。もっと気持ち良くなってほしくて、がんばって腰を動かし、壁をツンツンするけど……。
「んっ……うん……。ふふ、可愛い♪　一生懸命動かして……あっ。……んっ」
保奈美さんのアソコは、お姉ちゃんのみたく、おちんちんを優しく包み込んでくれて、そのままギュ、ギュッて動く。カリをいっぱい壁がゴシゴシしてくるので、ゾクゾクするくらい感じちゃう。
「あ……あ……。保奈美さんのアソコ……すごいよぉ……。中が、すごく動いてぇ」

「うん……んっ。小さいの……ツンツンも、気持ちいいよー」
あ……あぁ……。だめ……。すごく気持ち良すぎて……ぇ。おちんちんの先を何度も何度も、保奈美さんの壁にツンツンしたけど、僕の方が……先にぃ。
「あっ……あぁ……。保奈美さん……ぼ……ぼ……僕ぅぅぅ……で、出ちゃうぅぅぅ……」
「ん？　い、いいわよ……お姉さんの中に、いっぱい、ぴゅっぴゅっしちゃって、いいからね……んっ……んっ……」
保奈美さんをもっと感じさせたい。でも、でも、もう、やっぱりガマンできそうになくて……。
「あ……あ……あ……。うっ！　ぅぅぅ！　イクよぉぉぉ!!」
とうとう耐えられなくなって、白いおしっこを保奈美さんの穴の中にいっぱいぴゅーってしちゃった……。
「んっ……うふふ……。ドクドク出てるね……。熱いわ……。遠慮しないで、全部出しちゃって……いいんだからね……」
「うん……ンッ……んっ……。はうう……」
いっぱい出しちゃったのに、僕のはまだカチカチのままだった。
「あら？　まだ硬いんだ。元気、元気♪　白いの、もっといっぱい出していーのよぉ。んっ……ふふ……」
保奈美さんは気持ち良さそうにしてるけど、夏樹さんや、お姉ちゃんみたく、激しく感

じてくれてはいない。僕だけイっちゃうなんて、ダメだ……。でも、これ以上、おちんちんを動かせないし……。
　そうだ！
　腰に回していた手を離して、保奈美さんの大きすぎるおっぱいをギュッと掴んだ。
「ふわ⁉　お、おっぱい、触りたいの？　ズボズボしながら、おっぱい揉みたい？」
「うん。保奈美さんの、お、大きいから」
「いいわよ……。筆太くんの可愛い手で弄られると、感じちゃう……」
　優しく微笑みながら僕に自由に胸を触らせてくれる保奈美さん。最初はやわらかいお肉を手のひらいっぱいに広げてモミモミする。肌がすべすべなのにしっとりしていて、手のひらにおっぱいが吸いついてくるみたいだ。
　お姉ちゃんよりもやわらかくて、ずっとこうやってモミモミしたい。でも、それじゃ保奈美さんはあまり気持ち良くないのを僕は知ってる。だから……。
「ひゃうぅ⁉　ち……乳首っ……はっ……あっ。んっ……あぁ……」
　本当はクリトリスっていうのを触りたかった。でも、僕の手じゃ届かない。僕は乳首の先っぽを手のひらで撫でながら、横のところを指でコリッ、コリッて撫でる。
「アンッ……あっ。え、エッチな……触り方ぁ……。んっ……んっ……」
「お、お姉ちゃんが、これ、気持ちいいって……」
「くぅ……んっ。梓ちゃんたらぁ……。あっ、こ、こんな触り方……お、弟にさせてるの

ぉ……あっ！　あっっ！　か……感じちゃう……これぇ……」
さっきまで優しく包んでるだけだった保奈美さんのアソコがギュッって強く僕のを挟んできた。そして、そのまま奥の方にぐいぐいと引っ張ってく。
「ふわ……。すごく、穴の中……動いてるぅ……くぅ……すごいぃぃぃ……」
おちんちんが引っこ抜かれそうなくらいにゴシゴシされて、気持ちいいのがきとうから全身に走り、僕の身体はぶるっ、ぶるって震えた。
これじゃすぐイッちゃう……。
僕は急いで保奈美さんのコリコリになってきた乳首を、根元からそーっと掴んだ。お姉ちゃんや、保奈美さんたちが、僕のおちんちんをシコシコしてくれる時みたく。そのまま手首から先を前、後ろに動かせば……。
「はぁんっ！　あっ、あぁぁぁ‼　ち、乳首が……すごく……うぅぅ！　んっ！」
「保奈美さんの乳首、手コキしてあげるね……。んっ……んっ……」
「はぁ！　はぁ！　だめ……だめぇ……。こんなのぉ。気持ち良すぎてぇ。あっ、あぁ、これも、梓ちゃんにしているのー？」
「ううん。いま……思いついたから。あっ……あぁぁ！　アソコ、すっごい引っ張るぅ。おちんちん……取れちゃうよぉっ……んっ！　くぅぅ」
手コキすると、乳首はどんどん硬く尖ってきて、シコシコしやすくなる。保奈美さんの声も大きくなってきて、アソコからお汁がどんどん出てきた。

「あっ！　いっ！　いぃぃ！　そんな、触られるのぉ……。はぁ！　はぁぁ！　い、いいっ。すごく……うぅ！　あ、アソコもぉ……。コツコツされてぇ！　んっ！　んっ！」
　さっきとは違って、本当に喜んでくれてるみたいだ。僕は嬉しくなって、おちんちんが抜けないように壁をツンツンし、カチカチの乳首をシコシコし続けた。
「はぁ、はぁぁぁ！　だめぇ！　そんなのされたらぁ……。降りちゃうぅぅ。子宮が……子宮が……降りちゃうぅぅ……んっ……んっ……」
　しきゅう……？　おりちゃう……？　わ、分からないけど、気持ちいいことなのかな？
　僕は理解できないまま、腰を動かし続けた。すると、今まで壁だった場所に、なにかがコツンッと当たった。
「くひぃぃぃぃ！　あっ！　あぁぁぁぁ!!」
　保奈美さんの中に、もう一つなにかがある。それがなんなのか、分かりもせずに、僕はおちんちんの先で何回もコツコツを繰り返した。
「あぁっ！　いっ！　いんっ！　そ、そんなに、突《つ》いたらぁぁっ！」
「これ、これ……なーに？　硬くて……んっ……あぁ……んっ……」
「お、女の子がぁぁぁ、気持ち良くなっちゃうモノなのぉぉ！　あっ！　あぁぁ！　やっぱり、やっぱり降りてきちゃったぁぁぁ!!」
　さっき言ってた、しきゅうなのかな？　僕はおちんちんの先を何度も当てながら、乳首をシコシコし続ける。

「はぁっ……！　はぁぁぁ！　だめぇ！　だめぇ！　気持ち、気持ちぃぃぃぃぃ！」
「感じてる？　僕ので、保奈美さん、気持ち良くなってるのー？」
「うん！　うん！　笙太くんの、可愛いおちんちんと、おててでぇぇぇ!!　いっ、いっ、んっ……んっーーーー！」
穴の壁は、まるで手になったみたいに僕のを包み、ゴシゴシとシゴき出していた。あんまり動いていないのに、また白いおしっこが出ちゃいそうだ……。
「あっ……あぁぁ！　保奈美さんっ……僕……またぁぁ。出ちゃうぅぅ……」
「うん！　うん！　出してぇ！　出していいよぉぉ！　私もぉ、私もぉぉ……んっ……。イク……イクからぁ……イキそう……んっ！　んっ!!」
さっきまでの余裕はなくなっていて、乳首はすっごく硬くなって、アソコからはドボドボとエッチなお汁が流れ出てる。
「いっ……あ……あぁぁ！　ダメ……だめぇぇぇ！　イク！　イクぅぅ！　お姉さん……い、イクわぁぁぁぁ！　笙太くんのでぇぇぇ!!」
「保奈美さん。僕もぉぉぉ！　出ちゃうぅぅ！　白いおしっこぉぉ、また、出ちゃうよぉぉぉぉ!!」
「あっ！　あぁぁぁ！　いっっくぅぅぅぅぅんっ！　んっ！　んっーーーーー!!」
アソコの穴がすっごくぎゅーって締まってる中に、僕は白いおしっこを勢いよくぴゅーってした。

「ふあうっ!? あっ……出てるのね。笙太くんの……白いのぉ……あっ! あぁ! 当たるぅ! 子宮に、白いの……当たったって……! また……イクぅ! イクイクっ!!」

保奈美さんの身体がビクビクンッ! ビクビクンッ! て暴れて、僕はその反動でおちんちんが抜けてしまい、床に尻餅をついた。

その瞬間、おちんちんの先っぽが、保奈美さんの穴の上壁をずりーって擦ったから、保奈美さんはすごい声をあげた。

「きゃうううぅぅぅ!! イッぐぅう!! いぐっ! いぐぅううぅ!!」

スポっておちんちんが抜けたら、穴からたくさんの真っ白なお汁がどばーっと流れだして、床にいっぱい広がった。

「あっ……あぁ……い……い……イッ

ちゃったぁぁ…………」
　四つん這いでお尻を持ち上げたままびくびくって震えてる保奈美さん。その真後ろで僕は正座して、保奈美さんの穴がパク、パクッて開いたり閉じたりするのを見ていた。穴が開くと白いお汁がいっぱいドボドボ落ちて、エッチな匂いが広がる。
「あっ……あっ……。保奈美さんの穴……赤くなってる……はふぅ……はふぅ……」
「保奈美を本気にさせるなんて、やるじゃん筀太♪」
「ふわ……？」
　後ろから夏樹さんに抱きつかれた。背中に弾力のある膨らみが押しつけられ、先っぽのコリコリしたのも当たる。もしかして、夏樹さん……全部脱いじゃった。
「今度は座りながら挿入するの教えてやるからな。これ……元気そうだし」
　後ろから手が伸びて、おちんちんを掴まれちゃった。
「はあ……はあ……。まさか筀太くんで、イッちゃうなんて。こんなに気持ち良かったの……すごく久しぶりよ」
　そう言って保奈美さんは立ちあがり、僕に近づいてくる。見上げると、アソコはまだぱっくり開いていた。
「筀太くん……。保奈美お姉さん、本気になっちゃったからね♪　今夜は、寝かせてあげないから」
「ふえ!?」

「おー、久々だな。保奈美の本気モード。筆太、覚悟しろよ？　アタシと保奈美で、たっぷり搾りとってやるからな？」
「えと……えと……。えとぉ……」
お姉ちゃんをもっと気持ち良くするためのお勉強だったはずなのに、保奈美さんも、夏樹さんも、そんなの完全に忘れてる。
それに、僕も……もっと、色んなコトをしてみたかった。

＊　＊　＊

授業中居眠りしそうになるのを、頑張ってガマンした。
先生に夜更かしの理由を聞かれたらすごく困っちゃうし……。
「ふぁあああ……」
「鶯谷くん、お勉強、そんなにしたの？」
「ふえ!?　お、お勉強!?」
女子に話しかけられて、僕は変な声を出しちゃった。クラスのみんながビックリして僕を見ている。
「昨日は宿題あんまりなかったよね？　そんなに難しい問題でもなかったし」
「あ……あ……。そっちのお勉強か」

「そっち？」
「な、なんでもない。えと……その……勉強してたわけじゃなくて」
上手な言い訳が見つからず困ってると、友達が僕の肩をポンと叩き、笑いかけてきた。
「どうせ、エロいことしてたんだろ？」
「ふえ⁉」
さすが友達。大正解。……だけど、そんなの言えるわけがない。
「ち、違うよ……。あのね……」
「そうよ‼　アンタと違って、鶯谷くんはしないのよ‼」
「そうよそうよ！　アンタってば、すぐエロ、エロって言うんだから！　変態！」
「な、なんだよ……」
いきなり女子たちが友達を攻め始めて、今度は僕が困っちゃう。
「あーもー……。笙太、モテすぎだぞー。ちょっとからかったら、俺が悪者にされちゃうって、おかしーってー！」
「ご、ごめん。ね、やめてあげてよー……ふぁあ……」
こんな時にも、僕のあくびは止まらなかった。
初めてのエッチをした日から、お姉ちゃんと僕はいっぱいしまくった。一緒のベッドに寝て、お互い疲れて、動けなくなるまで……何回も。ごはんを食べてる時にも、エッチな

ことをしたし……。
　そんなことがあったから、保奈美さんたちともそうなるのかと思ってた。
「保奈美の料理、今日もうめーなー。アタシにも作り方教えてくれよ。男に受けるし」
「うふふー。私の言うとおり作るなら、教えてあげてもいーわよ？」
「んー……それだと、つまんないんだよなー」
「だから夏樹ちゃんのお料理は、個性的すぎて、誰も食べられない味になるのよ」
　夕ごはんは、そんな風に楽しくお喋りしながら進んだ。
「お？　筆太」
　夏樹さんの手が僕の頬に伸びて、ついてたご飯つぶをとってくれた。
「ふふ、こんなのつけるなんて。やっぱり可愛いな。ぱくっ♪」
「本当よね。はー、私もこんな可愛い弟欲しい。持って帰っちゃおうかな♪」
「え……ええ？」
「もう！　冗談よ。そんな顔しないの」
　こんな風にからかわれたりもしたけど、やっぱりエッチな話は全然なくて、ちょっとホッとしたような。ガッカリしたような……。
「ふう……」
　お湯に肩まで浸かりながらため息をついた。結局今日はエッチなことは全然なかった。

昨日はあんなにいっぱいしたのに……。
「僕のこと、飽きちゃったかな……」
お姉ちゃんと違って恋人じゃないんだから、そうだよね。昨日のエッチだって、お姉ちゃんのためみたいだし。
「あれ……でも。僕のお世話をするって……」
じゃあ、やっぱり、後でしてくれるのかな？
「うわ、うわ……。もう、僕のエッチ！　変態！」
クラスの女子に知られたら、今度は僕が攻撃されちゃう。でも、やっぱり、昨日のことは気持ち良くて……。
「あ……。だめ、こんなの考えたら……」
おちんちんはムクムクと大きくなって、すごく硬くなってる。こんなの夏樹さんに見つかったら、きっとからかわれちゃうよ。
「小さくなるまでお風呂に入ってるしかないなぁ……」
なんて思ってたら、お風呂のドアが開いた。
「お？　ちゃんと肩まで入ってるな。感心、感心」
「もー、夏樹ちゃん。お風呂に入る時は、前くらい隠しなさいよー」
「えー？」
「うわ……うわ……うわわわ……」

お風呂のドアが開いて、裸の二人が入ってきた。昨日もいっぱい見たけど、やっぱり、二人の裸は、すごくキレイだ……。

「さってと、ふんふん、ふぅ〜ん♪」

「このお家、お風呂が広くて羨ましいわぁ〜♪」

驚いてる僕のことなんて無視して、二人は並んで身体を洗い始めた。

「これ、新しいボディーソープよ。使った後、お肌のしっとり感、すごいの」

「へー。どれどれ？」

夏樹さんはボディーソープを手にとっておっぱいに塗りつけると、手のひらで泡立て始めた。おっぱいが右に左に揺れて、白い泡がどんどん乳首を隠していく。

「ふーん？　なんか、いい感じじゃん。保奈美にも塗ってやるよ」

夏樹さんは泡まみれの手で、保奈美さんのおっぱいを洗い始めた。

「あん、自分でするったらー」

「いいって、いいって。ふはー、やっぱり保奈美のおっぱい、デカくていいなー」

夏樹さんの手が、保奈美さんのやわらかい部分をモミモミして、形を歪ませる。すっごい大きなおっぱいが、二人の頭より大きいけど、夏樹さんに揉みしだかれて、ぷるんぷるん揺れまくった。

「もう。お返しよ。夏樹ちゃんのココ……キレイにしちゃうんだから♪」

保奈美さんの手は、夏樹さんの股間に伸び、ぷくぷくのお肉の辺りに泡をつけた。

「あ……ばか……。そんなとこ、触るなって……。こら……」
「うふふ……」
　二人で、身体を洗いっこしてるだけなのに……。お互い、おっぱいを揉んだり、アソコ触ったり……。はふ……。なんか、え、エッチだぁ……。
　お湯に浸かったままボーッとしてしまい、おちんちんは痛いほどガチガチになってる。
「さて、と。筆太。洗ってやるから、こっち来い」
「え⁉　い、い、い、いいです。僕、自分で、洗いますからっ！」
　慌てたせいで敬語で答えちゃった。
「いーから、いーから。遠慮すんなよ」
「そうよー？　うふふ～♪」
　二人は立ちあがって湯船に近づくと、腕を掴まれた。泡まみれのおっぱいと、アソコが見えて、もっともっとカチカチになっていく。
「ほらほら、立ちなさい」
　力じゃ二人にかなわない。僕はほとんど抵抗できなくて、そこに立ちあがった。急いでお股をタオルで隠したから見られなかった……かな。
「ほら、こっち来いよ」
　夏樹さんに言われるまま湯船から出て、洗い場に立った。硬いのはタオルで見えないようにしたまま。

「あの……僕、自分で洗えるよぉ……」
「いいから、お姉さんたちに、任せなさい♪」
「キレイにしてやっから」
保奈美さんと夏樹さんは自分のおっぱいに、さっきのボディーソープをいっぱいつけると、こっちに近づいてきた。
「笙太。そのまま立ってろよ？」
「う、うん」
なにをするのか分からないので、タオルを握り締めたまま立っている。
その間に夏樹さんは僕の右側、保奈美さんは左側に膝立ちになった。
「こら。こんなのあったら、身体洗うのに邪魔だろ？」
「え……え……!?」
「そうよ。ないない、しましょうねぇ～」
アレを隠していたタオルが、二人の手で取られてしまった。
「あら♪　可愛い♪」
「おー、昨日より大きくなったな？」
僕は顔を真っ赤にしながら頷いた。昨日、いっぱいこうなってるのを見られたのに、やっぱり恥ずかしい……。
「うふふ。じゃあ、キレイにしてあげるからね♪」

「ああ。ほら。ココもちゃんと剥いてな」
夏樹さんがおちんちんの先の皮をぺろっと剥いて、きとうを外に出した。と、すぐに保奈美さんがやわらかいおっぱいを僕に押しつけて上下に身体を動かしだした。
おっぱいに塗られたぬるぬるのボディーソープが僕の肌にも重なり、おっぱいの摩擦で泡が立ち始める。
「あ……ふわ……ふわぁあ……」
「どら。こっちも洗ってやるからな……んっ……んっ……」
夏樹さんもおっぱいを僕の脇腹に押しつけて動き出した。
二人のおっぱいに身体を洗われてる……。す、すごいエッチだ……。
「あっ……あぅぅ……はぁ……はぅぅ……」
「あら、どうしたの笙太くん？　私たち、身体を洗ってるだけなのに変な声を出して」
「んー？　なにかおかしいかー？」
夏樹さんのおっぱいが僕のお腹をシュッ、シュッと洗った。保奈美さんのは背中を……。
なんだか全身を、やわらかいおっぱいで撫でられてる気分。
「あらあら。笙太くんの可愛いのがビクビクしてるわねー？」
「どうしたんだ？　んー？　身体洗われると、笙太は気持ち良くなっちゃうのか？」
今度は左右の脇腹をおっぱいが撫でて、洗ってくる。乳首がコリコリって当たるから少しくすぐったいけど、それ以上に……興奮して。

「んー……。ここは念入りに洗わないとね？」

「そうだな？」

どこのことを言っているのか分からなかったけど、次の瞬間。

「ぴちゃ……ぴちゃ……」

「ぺろっ……んっ」

「ひゃ……ひゃ……ひゃうぅぅぅ‼」

僕の変な声がお風呂場に響いた。

「ち、乳首……だめぇ‼　あっ‼　あぁあぁ‼」

「ぴちゃ……。どうひて……逃げるのぉ……んっ……」

「洗ってるだけだってば……んぐ……ん　ぐ……」

くすぐったいのと気持ちいいのが混じりあって、身体がゾクゾクッとした。逃げ出そうとしても、二人の手が僕の脚を

掴んでるからそれもできない。
「ぴちゃ……ぴちゃ……ぴちゃ……。あらー？　ここ、硬くなってきちゃったわ」
「そうだな……。ふふ……。んぐ……んぐ……」
「ひゃ……うぅ。だめぇ……。乳首ペロペロぉ……。あっ……あぁぁ……。僕、お、男の子だよぉ……おっぱいは、女の人しか……気持ち良くならないんでしょう？」
保奈美さんの舌使いがピタッと止まって、嬉しそうに微笑んだ。
「ううん。男の人だって、感じちゃうところなのよ。うふふ、ここをペロペロされただけで、イッちゃった男子もいるんだから……ぴちゃ……。あ、でも、今は洗ってるのよ？」
「んっ……ちゅ。ふふ、笙太の乳首、完全に勃起してるな。可愛いピンクして、羨ましい色だな……こいつめ……ちゅっーーー」
「あっ！　あぁぁ!!　す、吸っちゃうの……ぉ。あっ、くぅぅ!!」
「おっと、洗ってるんだった……。ぴちゃ……んっ……ぴちゃ……」
初めて乳首を攻められて、おちんちんと乳首が繋がって、感じちゃったみたいな……すごく変な気持ち。女の人も、乳首をペロペロされると、こんな気持ちなのかなあ……。
「ふふ、梓ちゃんにちゃんとお願いするのよ？　僕の乳首、ペロペロして洗ってって」
「ひゃうう……。そんな、お願い……ぃ……無理ぃ」
「じゃあ、梓にやり方を教えとくから。ちゅ……ちゅぶ……んっ……」
こ、こんなこと、お姉ちゃんにされたら……。あ……あ……。恥ずかしさで、顔が赤く

なっちゃう。それに、段々……気持ち良くなってきちゃった。
「まあ、筆太くんのカチカチさん。ネバネバおしっこが出てきちゃってるわねー」
「本当だ。こんなに漏らして……。どうしたんだ？」
夏樹さんがおちんちんの先っぽを掴み、細い指を絡めてくる。
「だ、だって……だって……。二人が、いっぱい……あ……あっ……」
「んー？　だから、洗ってるだけだってば。こんな風に……」
ボディーソープがきとうに塗りたくられて、夏樹さんの手のひらが擦ってくる。いつもと違ってぬるぬるのボディーソープがあるから、なんだか、女の人の穴に入ってるような気持ち良さが……。
「あっ……あぁ！　夏樹さんっ！　そ、そんな……ことしたらぁ……」
「こっちもキレイキレイしておかないとねぇ～。うふふ、コリコリしてて可愛い♪」
保奈美さんが楽しそうにタマタマを洗ってる。泡がいっぱいついて、細い指はころころと転がすように表面を撫でていた。
「あっ！　だって、だってぇ！　あぁぁ!!」
夏樹さんの手が少しずつ上下に動き、おちんちん全体を洗い始めた。どんどんそこは泡で包まれて、まるでアソコの中にいるような……。
「はぁ……はぁ……。あっ……あっ……あぁぁ……」
「んー？　キレイになってるかー？　筆太ぁ？」

「いっぱい洗いましょうね。んっ……んっ……」
大きなおっぱいがまた身体に押しつけられて、ゴシゴシ洗われる。おっぱいって、こんな使い方もできるんだ……。やわらかいのが形を変えて僕に密着し、肌を優しく擦ってくれた。
「ふふふ。ビクビクしてきたぞ？　筆太？　出そうなのか？」
「う、うん！　あ……。あぁ……。そんなに、シコシコしたらぁぁ……」
「だって、しょうがないでしょ？　洗ってるんだから」
「そうそう。洗ってるだけだよ」
夏樹さんと保奈美さんの手が僕のおちんちんを握り、二人で一緒に「洗い」始めた。泡はどんどん流れ落ちたけど、二人は僕のカチカチを磨くのを止めない。
「ほらほら、カリのここもキレイにするんだぞー。ゴシゴシ」
「尿道口もね、裏スジのところもねぇ……。ごしごし♪」
「はぁぁぁ！　はぁぁぁ！　そんな、洗い方しないでぇ‼　あっ！　あぁぁぁ‼」
二人はおっぱいを密着させながら、また乳首に唇を近づけた。
「こっちも、もっと洗いましょうね。ぺろ……ぴちゃ……ぴちゃ……ぴちゃ……」
「だな……汚れてる、汚れてる。んぐ……ぴちゃ……じゅぴゅ……じゅぴゅ……」
「くひぃぃぃぃぃんっ！　いっ！　あうぅぅ！　あふぅぅぅ‼」
お姉さん二人に僕は身体をたっぷりと磨かれて、おちんちんはびくんっ、びくんって今

にも爆発寸前になっていた。

「ほらほら。ここに溜まってるのも出していーのよー？」

「キレイにしてるんだから。ほら……ほら……」

夏樹さんがカリを徹底的に攻め、保奈美さんはタマタマを優しく揉みほぐし続ける。こんな、こんな、ことされたら……。もう、もう……。

「ああ、ああ、イクぅっ！　イクぅっ‼　出ちゃうぅっ！　お風呂なのにぃ、白いおしっこが……おしっこがぁぁ！」

「いいぞ。出せ……出せ……！」

「出したら……いっぱい、洗ってあげるから」

「ふああ！　ふあああ‼　イク！　イクよぉぉお！　僕、僕ぅぅぅぅ‼　うっ！　うっ！　ううぅぅぅ‼」

上を向いたおちんちんから、白いおしっこが噴水みたいにドバーッと噴き出した。

「おわ⁉」

「きゃっ!!」
飛び散った白いおしっこが二人の顔に、身体に降りかかり、ボディーソープとは違う白色がいっぱいついた。
「おお、いっぱいい出したなぁ～。筌太ぁ♪」
「昨夜、あんなにドピュドピュしたのにね。筌太くんのココは、白いおしっこが、いーっぱい溜まってるのね♪」
保奈美さんの手は、タマタマを揉みっぱなしにしてる……。
「筌太くんのココ、おしっこでいっぱい汚れちゃったわね」
「ん……？　ああ、そうだな。これも洗ってやらないと」
「ふわ……」
また、手コキしてくれるのかな？　そう思っていたら、二人は僕から離れて、保奈美さんが夏樹さんに、なにかゴニョゴニョと話した。
な、なにをするのかな……。
「じゃあ、私が下になるから……。んしょ……」
「オッケー。保奈美のおっぱいって、仰向けになっても形が崩れないのな。ほんと、ずるいよな……。よ……っと」
「ふわ？　あ……あ……」
仰向けになった保奈美さんの上に、夏樹さんが覆い被さり、お互いのおっぱいを重ねあ

った。乳首同士が当たって、ぷるぷるしてる。
「あんっ……。夏樹ちゃんの乳首、筆太くんみたいにカチカチになってる」
「保奈美のだって……。んっ……」
僕にしたみたいに二人はお互いの身体をおっぱいで洗いあってる。目の前で大きなお尻が右に左に揺れて、ぱっくりと開いたアソコが丸見えだ。
「ふふ……。筆太くん？　なにしてるのー？」
「そうだぞ。ほら、アタシらの穴で、お前の硬いの洗わないとダメじゃないか？」
「え……？　え……？　い、いいの……？」
僕はふらふらと膝立ちになって、重なってる二人の背後に近づいた。
「いいのよ？　だって、汚れたのを洗うだけなんだから♪」
「そうそう。ほら……アタシの……穴……使えって」
「イヤん……。保奈美お姉さんのよぉ……」
二人はそれぞれ自分の「穴」に指を這わしてぷにぷにのお肉を左右にくぱぁって開いた。奥の方からトロッとお汁が漏れてきて、すごく……気持ち良さそう。
「ほらほら。筆太？　アタシの穴に挿れろ」
「私よねー？　保奈美お姉さんの穴が先だよねー？」
「えと……えと……えと……」
おちんちんは早く入りたくてびくん、びくん暴れてる。でも、どっちかを選ぶなんてで

きないよぉ……。

「男だろ……早く決めろぉ。はぁ……はぁ……」

「もう……焦らしすぎよぉ……。ンッ……」

二人のエッチな穴が、パクパクしてて、透明なお汁が溢れだして床に垂れ、混ざり合っていた。選ばなくちゃ……選ばなくちゃ……。

「えと……えと……。じゃあ、昨日は……夏樹さんが先だったから……今日は、保奈美さんね……」

「きゃっ♪　嬉しい♪　早く早く♪」

「ちぇぇ……しょうがねーなぁ……」

叱られなかったことにホッとして、おちんちんを下の穴にゆっくりと挿し込んだ……。

「んっ……あんっ……。あっ……。あっ！　は、入ってきたぁ……」

「くぅ……。あっっ……。すごくぬるぬるだよぉ……」

身体が安定しないので、夏樹さんのお尻をぐっと掴んだ。

「おおっ……。くふぅ……」

お尻触っただけなのに、夏樹さんがエッチな声を出した。お尻も、気持ちいいんだ。すごく引き締まっててカッコイイ夏樹さんのお尻を、僕はおっぱいみたく手に力をちょっと入れて、モミモミしてみた。

「あ……あ……。筌太ぁ……。それ……いい……」

「あん……ズルい。ほらぁ。筌太くん？　カチカチさんをお姉さんので洗ってー」
夏樹さんのお尻をしっかり揉みしだきながら、腰をぐい、ぐいって動かした。ぬるぬるの中におちんちんが全部入っちゃって、穴の壁がぎゅって包み込んでくる。硬いのの入る角度を変えて、昨日と同じように壁の上側をずんっ、ずんって突いた。
「あんっ……アンッ……。筌太くん、本当に覚えるの早いんだからぁ……」
「はふ……いいトコ、来てんのか……？」
「うん。すっごく、気持ちいいところ、当たってるぅ……。コツン、コツンされてるの。穴の中……いっぱい触られてる……感じ……あんっ……アンッ……いっ……」
保奈美さんのアソコに色んな角度で挿し込んで、あちこちの壁を突《つつ》き続ける。でこぼこがすごいから、そうする度におしっこがちょっと漏れそう……。
「あっ！　いっ！　いぃぃ！　あぁぁっ!!　くふぅんっ！　ゆ、昨夜と……違うとこ、いっぱい……来て……るぅ。あっ！　いいのぉ！　はぁ！　いっ！　いぃぃ！」
「ふあ……保奈美、エロい顔してるなぁ……気持ち良さそう」
「うん……筌太くんの、ちっちゃいの……すごく頑張ってるのぉ……。あぁ、き、気持ちいい……。あ……あぁぁ!!」
「はぁ……はぁ……。保奈美さんのぉ、いっぱいでこぼこしてて、はぁ……はぁ……。どこに当たってても……気持ちいいよぉ……あぁ……」
ついさっき出したばかりなのに、僕はもうおしっこが出そうになってる。

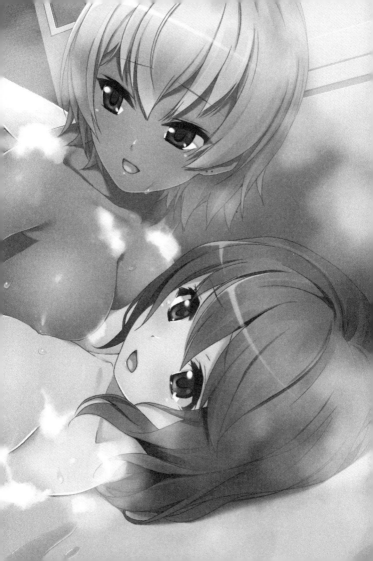

「くぅ……はぅ……。保奈美……まだ……かよぉ……。アタシ、もう、たまんないから

ぁ……見てるだけで……イキそう……」

「はぁ……もうちょっと……待ってぇ。あっ、あぁ……。すごく、来てて、私ぃ、い、イ

かされちゃいそう……はぁ……はぁ……。笙太くん、上手よぉ……」

　二人の甘い声を聞きながら、僕は夢中になって腰を動かした。きとうがトロトロの壁に

包まれて、カリにでこぼこがいっぱい当たる。ゴリゴリされて、もう……すごい……。

「あぁ、あぁ！　出ちゃう……出ちゃうぅぅ……。白いのが……またぁ……」
「うん……うん。いいのよ。そのまま、出しちゃおうね……あっ……あふぅ！」
　僕は歯を食いしばって一生懸命腰を動かし、ズボッ、ズボッておちんちんで何度も穴の壁を突《つっ》き続ける。ぬるぬるで、熱くて……もう……もう。
「出る……よぉぉ……。僕、ぼくぅ……もぉぉぉ……」
「私……もぉ！　い……イク。イッちゃうぅぅぅ！　あぁ、アソコをいっぱいツンツンされてぇ……。あぁ……あぁ……いくぅ！　イク……イっっっっくぅぅぅぅぅぅ!!」
「ふあああ!!　あっ！　あっ！　あぁぁぁぁ!!　んっーーーー！」
　白いおしっこを保奈美さんの中に、いっぱいどぴゅどぴゅした……。
「あ……出てる。笙太くんの……。熱いの……。あぁ……」
「い……いいなぁ……。笙太ぁ……。今度は……こっちだ……早くぅぅぅ……」
　まだジンジンしてるおちんちんを、保奈美さんの穴から引き抜いた。
「はっ……くぅ。あん……。まだ抜いちゃイヤなのにぃ……」
「ごめんなさい……。でも、夏樹さんの穴……すごくグチョグチョになってるから……」
　今度は、保奈美さんのぬるぬるお汁で真っ白になったおちんちんを上の穴に、ゆっくりと挿し込んだ……。
「んっーーー！　き、来たぁぁぁぁ！　あっ！　あぁぁ！」
「あ、あ、熱いぃぃぃ！　すごく……熱いよぉ……くぅ……んっ……」

「しょ、笙太と保奈美が……え、エロすぎるからだっ！　あっ！　あっ！　いぃ！」

すぐに夏樹さんのアソコの壁は、ギュッてきとうを咥えてきて、押しつぶすように動き始める。痛いのと、気持ちいいのが一緒になって……。あ……あぁ……。

「笙太ぁ……もっと、もっと……動いてぇ！　はぁ、はぁ！　すげーとこ、当たってるぅ、この角度ぉぉ！　あっ！　ふあぁぁ！」

　いっぱい喜んでくれてるのに嬉しくなって、僕は昨夜やったようにお尻を回しながら、夏樹さんの中を掻き回した。後ろから挿れてるんで、あまり大きくすると抜けちゃうから、慎重に……。

「くふぅぅぅぅ！　また、それ、してくれんのか!?　あぁぁ！　壁が……全部っ、ゴリゴリされて……ぇ！　あぁ、あぁ!!　いっ、いい！　それ、いいっ！」

「すごい……エッチな顔ぉ……。乳首も……こんなに勃《た》たせてるぅ……」

「うわっ!?　バカ、乳首……摘まむな！　あっ！　あぁぁ！　いっ……んくぅぅ！」

「ハァ……はぁ……。夏樹ちゃんの乳首、すっごいカチカチ……」

　保奈美さんはちょっと意地悪そうに微笑みながら、夏樹さんの乳首を指先で摘まみ、軽く引っ張ってる……。

「や……やめ！　あっ！　あぁぁぁぁ！　コリコリさせるなってばー！　いっ、いぃ。くはぁうぅぅぅ……んっ！　んっ！」

　夏樹さんのアソコはまた強く締まって、もう掻き回すのはできないくらいキツい。おち

んちんの先っぽが押しつぶされそうになるのを感じながら、僕は腰を下から突き上げるような動きに変えた。
「ふぐっ⁉　いっ！　いっ！　んくぅぅ！　アンッ！　いっ……いっ！　あっ、くぅ……もう、もう……イクぅ……イクぅぅ……イクからぁ……」
夏樹さんは泣いてるみたいな声をお風呂に響かせた。僕も、すごくゴシゴシされてるから……気持ち良くて……。
「僕……もぉぉ……出るぅ。出るよぉぉぉ……。また……おしっこ出ちゃうからぁ！」
「あ、あぁ……出せ……。アタシの中にぃ、お漏らししろぉぉぉ‼」
「うん！　うん！　出すよぉぉ！　あっ！　あっ！　あぁぁぁぁぁぁ！」
「くぅぅぅぅぅぅ！　イク、イク、イク、イク、いっ……くぅぅぅぅぅ‼」
夏樹さんが保奈美さんに抱きついて、イッちゃう時の声をあげた。同じタイミングで僕も白いおしっこをびゅーって出しちゃう……。
「あっ……あっ……。出てる……。アタシの中で……。白いの……」
「はぁ……はぁ……。筆太くん。また、私の穴よ……。ほら……早く……早くぅ」
「は、はい……」
僕のおちんちんを洗ってるはずなのに、二人のエッチなお汁でどんどん白くなってて、キレイになるヒマがない……。
「次はまたアタシだからな……。はぁ……はぁ……」

それから僕は、動けなくなるまでおちんちんを穴で磨かれることになった……。

＊　＊　＊

やっと合宿が終わって、お姉ちゃんが帰ってくる日になった。
——ピンポーンッ
玄関のチャイムが鳴ると同時にドアが開き、廊下はドタドタと賑やかな音。すぐにリビングのドアが勢いよく開けられて、カバンが投げ捨てられて……。
「笙ちゃん‼　ただいまっ‼」
一直線でお姉ちゃんは僕に抱きついた。
「んっ……ちゅぅぅぅ……ちゅる……んっ……んっ……ちゅっ♪　ちゅっ♪」
「お、お帰り……むぅ……んっ……ちゅ……お、お姉ちゃん……あの……むふぅ⁉」
「ちゅ……むぅ……んっ……んっ……じゅる……んっ……」
お姉ちゃんはギュッをしながら唇を重ねて、舌を挿し込んできた。僕の口の中でウネウネと動き、唾液を啜っていく。
「はあぁ……。ラブラブだなぁ……。見せつけやがって」
「本当よねぇ。情熱的なディープキスだわぁ～」
保奈美さんと夏樹さんの声が聞こえると、お姉ちゃんは「はっ！」とした顔になって、僕

から唇を放した。
「保奈美、夏樹⁉　い、いたの⁉」
「いるわよー。報告しなくちゃいけないものー」
「そうそう。いやしかし……。やっぱり、筌太と梓は、できてたのか」
「えと……これは……その……」
お姉ちゃんは困ってるけど、僕を抱きしめたままでいる。
「うう……私はね！　弟を！　筌ちゃんを！　好きなの。大、大、大、大好きなの！　両想いで恋人同士なんだから‼　な、なにか悪い⁉」
お姉ちゃんが、またギュッってしてくれる。お友達の前で僕のことを恋人って言ってくれた。嬉しいなあ……。
「は……はは……」
「うふふ……」
お姉ちゃんの言い方に、保奈美さんと夏樹さんはビックリしてたけど、しばらくしてクスクス笑い始めた。
「なにがおかしいのよ……」
「あはは♪　悪くなんかないわ。おめでとう梓ちゃん」
「良かったな、梓」
笑ってる二人を見ながら、お姉ちゃんの身体から力が抜けた。

「うん……。ありがとう」
二人に認めてもらってお姉ちゃんもホッとしたみたいで笑みを浮かべた。僕も嬉しくなって、お姉ちゃんの手を握った。
「それにしても……はあ、苦労したぜ。なあ保奈美？」
「そうよねー。筆太くんを誘惑したら、すっごい顔して怒るんだもの」
「平気なふりしてなあ。無理しすぎなんだよ。梓は」
「でも、梓ちゃんマジメだからね。『姉と弟は恋人になっちゃいけないのよー』とか、ずっと勘違いしてたわよ」
ニヤニヤしながら保奈美さんと、夏樹さんがそんな話を、僕たちに聞こえるようにした……。つまり、二人が泊まってる時にやってたあれは……お芝居？
あ、そうか！　だから、僕がお姉ちゃんとラブラブになったって言った時、ハイタッチして喜んでくれたんだ。
「ええ⁉　もしかして……筆ちゃんにエッチなこと仕掛けたのって……」
保奈美さんが呆れたように息を吐いた。
「筆太くんを大好きなくせに、自分にウソをついてた梓ちゃんを煽ってたのよ」
「学校でも暗い顔してたしさー」
「そうなんだ……。ありがとう……二人とも。心配かけて、ごめんね」
保奈美さんも、夏樹さんも、お姉ちゃんには良い友達なんだなー。ちょっとエッチすぎ

るけど。
「まあ、でも笙太が予想以上に可愛くて、楽しかった♪」
「うんうん。ちょっと本気になっちゃったし♪」
「ちょ、ちょっと!!」
お姉ちゃんがまた僕の身体をギュッした。
「いろいろ感謝するけど、あれはやりすぎじゃないの!?」
「全然。あんなの普通だって」
「そうよ。梓ちゃんみたく、寝てる笙太くんのとこ行って、シコシコしてる方が変態っぽいわ」
「わっ！　わっ！　そんなことまで知ってるの!?」
お姉ちゃんがすっごい慌ててる。寝てる僕にシコシコって……なんだろう？
「全部バレバレだってての。はあ……まあ、梓はエロエロなことビギナーだからな」
「知らないことも多いわよね。はぁ……。笙太くんが満足してるか心配になっちゃう」
あれ……僕をエッチに誘う時と同じことを言ってるよね？　僕が口を開こうとすると、保奈美さんが僕の目を見て微笑んだ。「しーっ」っていうことだろう。
「しょ、笙ちゃんは、私で……いっぱい、イってくれてるわよ」
恥ずかしそうに顔を真っ赤にして、お姉ちゃんは言い返した。
「ねえ？　笙ちゃん。お姉ちゃんで、気持ち良くなってるよね？」

「え……。うん。お姉ちゃん……すごく……はう……」
僕も顔を赤くしちゃった。恥ずかしくなってお姉ちゃんの胸に顔を隠しちゃう。
「じゃあ、見せてよ梓ちゃん」
「え⁉」
「ああ、それがいいな。笙太だって、姉ちゃんに言われたら反対のこと答えられないし」
「ちょ、ちょっと待ってよ……」
「まずは……フェラチオかなー？」
お姉ちゃんは慌てて二人の会話に入り込んだ。
「待って！ってば。なんで保奈美と夏樹に、そ、そんなの見せなくちゃいけないのよ！」
「えーと、成功報酬ねー。梓ちゃんと、笙太くんがラブラブになれたことの」
「それと……留守番代な」
「ちょっと……それとこれとは……」
お姉ちゃんがすごく困ってる。僕も助けに入るの無理だし。
「見せてくれないと……うふふ……。私たち、帰らないんだから」
「合宿から帰ってきて、笙太とやりまくりたかったんだろ？　でも、梓が見せてくれないなら……泊まり続けるぜ」
「うっ……な、なんて……脅迫するのよぉ……」
お姉ちゃんは僕を抱きしめたまま、本当に困っていた。

「それにね梓ちゃん。笙太くんのアソコ……すっごいカチカチになってるよ。大好きなお姉ちゃんに、ハグされて嬉しくて勃起しちゃってるんだから」
「可哀想になー。勃《た》ちっぱなしだとツラいのになー」
「梓ちゃんができないなら、私たちがしちゃおっか？　笙太くんの白いおしっこを飲むところ、見せてあげてもいいよ？」
「アタシも、アタシも。フェラじゃなくて、硬いの挿れても……」
「もおおお！　だめえ!!　笙ちゃんは、私のなんだから……だめっ!!　いいわ、私がするから!!　み、見せてあげるわよ!!」
こうして、お姉ちゃんのフェラチオを、二人に見せることが決まってしまった。

僕の正面にお姉ちゃんが座り、左側に保奈美さん、右側に夏樹さんがしゃがんでる。
まだズボンを穿いたままだけど、キレイな女の人が三人も僕の股間に顔を近づけていて、は、は、は……恥ずかしい……。もう、アソコはもっこり膨らんでるし。
「梓ちゃん、合宿は制服で行ったんじゃないのね？」
「な、なによ……いきなり。今回はちょっと遠かったから移動は私服だったの……。なんで、今そんなこと聞くのよ？」
「んー？　だって、脱がなくていいのかなー、って。笙太くん、いっぱい出すから、汚れちゃうかもだよー？」

「全部……飲むから、大丈夫」
お姉ちゃんの頬がポッと赤くなった。
「早くしようぜ♪　梓、ペロッと剥け、ペロッと」
「ん……もう。笙ちゃん……。ごめんね……」
お姉ちゃんは僕のズボンに手をかけた。
「笙ちゃん……脱ぎ脱ぎしようね」
「う、うん……。あ……ふ……はふぅ……」
ズボンを降ろして、次は下着……。お姉ちゃんの指がかかると、ゴクッと誰かの喉が鳴った。
「今度は。下着よ……。はぁ……はぁ……」
お姉ちゃんの荒い息が肌に当たって……くすぐったい。
「あ……あ……だめぇ……」
下着を脱がされて、おちんちんが出そうになった瞬間。僕は両手でお股を隠した。
「こらぁ笙太。隠しちゃダメだろ?」
「それじゃ、梓ちゃんがペロペロできないでしょ?」
「だ、だって……みんな、見てるんだもん。恥ずかしいよぉ……」
隠した手の中で、おちんちんがピクピク動いてる。
「ごめんね笙ちゃん。悪いお姉ちゃんたちね。でも……。お姉ちゃん、見たいよ。笙ちゃ

んの……。合宿中……はぁ……はぁ……。何度も思い出してたの。ねえ……」
お姉ちゃんが潤んだ目で僕を見上げた。
「筆ちゃんの……おちんちん。見せて……お姉ちゃんに」
「はう……。う、うん……」
恥ずかしいけど……。お姉ちゃんが見たいって言ってる……。僕は三人の視線をお股に浴びながら両手を放した。
「うわぁ〜♪　すごく元気ぃ〜。お姉ちゃんが帰ってきて、この子も喜んでるのかな?」
「ビンビンだな筆太♪　あ……あれ……?　おかしいぞ……これ」
「なに夏樹ちゃん?　筆太くんのなにかおかしい?」
「いつもより、でっかい。四、五センチ……伸びてないか?」
夏樹さんがそんなことを言うから、保奈美さんは僕のをじっくり観察した。
「ホントね……。いつもよりずいぶん長いわ。それに、カリもすごい広がってる」
「ちょ、ちょっと!　なんで、二人が筆ちゃんのおちんちんにそんな詳しいのよ」
お姉ちゃんの抗議は聞かずに、保奈美さんは僕を見つめた。
「そっか……。お姉ちゃんに久しぶりにペロペロしてもらえるから、筆太くんの大きくなってるんだね……」
「くぅぅ……。アタシらの時は、こんなこと起こらなかったのになー」
「愛よ。愛。んもう……。本当に相思相愛なのね……。梓ちゃんのこと、すっごく待って

たんだね」
「筆ちゃん……。そうなんだ……。ごめんね……お待たせして。はむっ……」
「ふわっ⁉」
お姉ちゃんが、とうとう僕のおちんちんをパクってした。あぁ、やっぱり、お姉ちゃんにペロペロしてもらうのが、一番嬉しい……。
「わぁ♪　梓ちゃんたら、本当に弟の咥えちゃった」
「はむぅ……んっ……うるひゃ……い。あんたが……しろって……んっ……んっ。言ったんれひょ……むふっ……」
「筆太のまた大きくなったな。梓とヤる時は、いつもこんなに大きくなるのか？」
「知りゃない……わよ。ぶちゅ……。んっ……。ぷは……」
「ふえ……？」
お姉ちゃんは口から僕のを出して、二人を睨んだ。
「ほら。フェラチオしたわよ。もういいでしょ？　約束どおり帰って」
「ズルは、だーめ♪　筆太くんと早く二人きりになりたいのは分かるけどー」
「そうそう。フェラチオはどぴゅどぴゅさせるとこまでだぜ」
「途中でやめちゃったら筆太くんが可哀想だよー？　梓ちゃんがしないなら、私がごっくんしてあげよっか？」
「あ！　アタシ、アタシ！　アタシがする♪　大きくなってるのしゃぶりたい♪」

僕のおちんちんを咥えようと保奈美さんと夏樹さんが口を近づけてきた。
「だめー！　笙ちゃんのは私が飲んであげるんだから！　はむっ……んっ……んっ……」
「はうぅ⁉」
お姉ちゃんが僕の先っぽをパクって、また咥えてくれた。きとうをお口の中に含んで、先っぽを舌でペロペロしてくれる。
「じゅぶ……んっ……んっ……じゅぶ……んっ……。んっ……。笙ちゃん……大きふ……なってふ……じゅぶ……んっ……んっ……」
「あ……あ……あ……」
カリの部分を唇でなでなでするから、びくびくっておちんちんが動いちゃう。
「じゅぼ……じゅぶ……んっ……ちゅ……んっ……じゅぶっ……んっ……」
「あは♪　久しぶりに味わってるから、美味しいよね？」
「じゅぶ……んっ……ひ……ひらは……い。もぉ……じゅぶ……じゅぼ……」
夏樹さんもお姉ちゃんのフェラチオをジッと見ていた。
「へえ……結構、上手いな。慣れてる感じだし。でもさ、もっと笙太を気持ち良くする方法あるぞ？」
「ふあ……ちゅぶ……？　んっ……んっ……？」
お姉ちゃんが僕のを咥えたまま、夏樹さんを見た。
「いっぱい唾を溜めてからさ、思いっきり笙太のを吸うんだ。そのまま頭を前後に動かす

んだよ」

「じゅぶ……んっ……じゅぶ……」

お姉ちゃんは言われたとおり、お口の中に唾液を溜め始めたみたいだ。そして、段々と強く僕のを吸い込みだす。

「じゅぽ……じゅぽ……じゅぽぽぽぽ……」

「ふわあああ！　あっ……。うわ……。お姉ちゃん……んっ……わ……わぁ……」

お姉ちゃんのお口が掃除機になったみたい……。すごく、吸われて、でも唾液がいっぱいあるから、お口の中……すっごいぬるぬるしてるー……。

「いいぞ。そのまま激しく頭を動かすんだ」

「梓ちゃんのお口をね、自分のアソコだと思っていっぱいじゅぽじゅぽしてあげるのよ」

二人のアドバイスに従って、お姉ちゃんは僕の太ももに手を置いて支えにし、前に、後ろに頭を動かし始めた。

「じゅぶっ……じゅぴゅ……じゅぽっ……じゅぽっ……じゅぽぽぽ……ぐじゅぶ」

「ふあぁぁ!?　お、お姉ちゃんのお口から、エッチな……音が……すごいよぉ。あっ、くふぅ……んっ。い……あぁ……あぁ……」

吸い込まれちゃう……。お姉ちゃんのお口に……。唇がカリに絡みついてきて、お姉ちゃんの穴の壁に擦られてるみたい……。フェラされたことあったけど、前とは比べものにならないくらい……すごい刺激。

「そうそう、上手、上手。弟のためなら、お姉ちゃん、一生懸命ねぇ～♪」
「じゅぶっ……いいれひょ……んぐ……じゅぶ……じゅぶっ……」
「単純に頭を前後だけじゃなくて、少し捻ったりすると、もっと効くぞ？」
「んぐ……じゅぶ……じゅぼ……こ……こおぉ……？　じゅぶぶぶ……」
夏樹さんに言われたとおり、お姉ちゃんは頭を後ろに引きながら首を捻った。きとうが、唇ですごくゴシゴシされてゾクゾクするほど気持ちいい……。
「あっ！　あぁぁぁ！　お姉ちゃんっ！　それ、それ……すごいよぉぉ！　あっ！」
「じゅぶ……じゅぶ……ぐじゅぶ……じゅぼ……。きもひいぃぃいのね？　じゅぶ……んぐ……じゅぶ……じゅぼ……じゅぼぼぼぼ」
僕が気持ちいいって伝えたら、お姉ちゃんはもっと頑張ってくれてる。嬉しい……。お姉ちゃん、僕のこと……いっぱい気持ち良くしようとしてるんだ……。
「はぁ……はぁ……。お姉ちゃん……。お姉ちゃぁ～んっ……気持ちいいよぉ……」
「ふふ……笙太め、甘えた声だしてるなー」
「ねえ？　私たちの時は、こんな声ださなかったのに……妬けちゃう。もぉ……はむぅ」
「ふわあ⁉」
保奈美さんがおちんちんの根元の方を唇で挟み、ペロペロと舐めてきた。
「ほ……ほひゃみぃ。はひ……ふふの……じゅぼ……んっ……」
「だって、根元が寂しそうなんだもん」

「あ、本当だ。じゃあ、アタシも……あむぅ……ちゅぶ……んっ……んっ……」
今度は夏樹さんまで咥えてきた。
お、おちんちんが、三人のキレイなお姉さんに、パクパクされてるよぉ……。
「りゃめぇ……。筌ちゃんを、きもひよふ……さしぇふの……わたひぃ……」
お姉ちゃんは二人にパクってさせないように僕のを深いところまで飲み込もうとする。でも、保奈美さんも、夏樹さんも僕のを唇から放そうとしない。
「ぴちゃ……ぴちゃ……。んっ……。気持ち良くさせるってさぁ……」
「ぺろっ……んっ……ちゅ……。筌太くんの、気持ちいいポイント、梓ちゃんは、知らないところ多いでしょう……ちゅっ……」
「例えば……ココとか」
「きゃうっ⁉」
夏樹さんが僕のタマタマを優しく掴んで、撫で始めた。
「ちゅぶ……んっ……あとねー、お尻も気持ちいいのよねー？」
「ふわ……ふわわ……」
夏樹さんがお尻をなでなでしてくれる。あ……気持ち……いい。あっ……。
「それと……女も感じるけど……ちゅ……ちゅ……」
「男の子だって……感じちゃうのがぁ……。ぴちゃ……ぴちゃ……」
二人は僕のシャツに手を突っ込んで、同時に乳首を指先で摘まんだ。

「はくひぃぃ!? ひゃくぅ! ち……乳首ぃぃ……あっ……あぁぁぁ!」
指のお腹の方でコリコリされて、一緒にお姉ちゃんにじゅぽじゅぽされるから。あっ……あぁ……。すごい……すごすぎるよぉ……。
「くふぅ……。くやひい……けほぉ……じゅぽ……じゅぽ。今度、やってあげるかられ……筆ちゃん……じゅぼ……じゅぼ……んっ! んっ!」
「うんっ! うんっ! あっ……あぁぁ! 乳首ぃ、コリコリされて……。あっ、あぁ、だめぇ……。おちんちんも、全部……全部気持ちいぃぃぃ」
お姉さんたちにペロペロされてるのに、エッチな声が出ちゃうー。恥ずかしいよー。
「筆太くん♪ そろそろ、白いおしっこ出ちゃうよね……ちゅぶ……ちゅぶ……」
「いっぱい……出せよ……ぴちゃ……ぴちゃ……」
「じゅぼっ……じゅぼっ……。ちょうらい……。お姉ちゃんにぃ……。筆ちゃんの、美味しいおしっこぉ……じゅぼ……じゅぼ……じゅぼぼぼぼぼぼ……」
「ふあぁ! あぁぁぁ!」
見られてる……三人が見てるのにぃ。おしっこするところ、見られちゃったら……。あっ……あっ……。でも、でも……気持ち良すぎて……。
ガマン……無理ぃぃぃ……。
「出ちゃうぅぅ! お姉ちゃんっ! 僕ぅ、僕ぅぅ……もう、お漏らしぃぃぃぃ!!」
「じゅぼっ……じゅぼっ……じゅぼっ……んっ……いいよ……だひふぇ……んぐ……」

「そうよぉ、いっぱい……ぴゅーって……ちゅぶ……んっ……」

「どくどく……出しちゃえよぉ……ぴちゃ……びじゅ……じゅぶ……」

三人がペロペロする力を強くしてきた。乳首もコリコリされて、お尻も、タマタマも、いっぱい……いっぱいで……。

「もう……だめ……僕う……。」

「い……い……イクよぉおおお！うっ！うっ！うううう！！」

どぴゅっ……どぴゅっ……て、すごい勢いで、白いおしっこが噴き出した。

「ふぐぅぅ！？んぐっ！んぐぅ！んぐぅぅぅ！！」

お姉ちゃんのお口の中に白くてネバネバなのがどんどん流れ込んで、お姉ちゃんは目を大きく開ける。でも、それは一瞬で、すぐにごっくんって、飲み込んだ……。

「ごく……んっ……んっ……。んっ……」

飲んでる……。僕の白いおしっこを……。友達の前なのに……。ごくごくって……。

「ふあ……。すごい量が出てるな……」

「ええ……。お姉ちゃんにぴゅーってできると思ったら……いつもより出てるみたい」

お姉ちゃんは僕のを口の中に入れたまま、目をトロンと蕩かしてる……。

「じゅぼ……んっ……んぐ……んぐ……。美味しい……。笙ちゃんの……おしっこぉ。んぐ……んぐ……ちゅっ……ちゅっ……」

お姉ちゃんは夏樹さんと保奈美さんを押しのけて、おちんちんの根元をギュッと握って、中に残ってたのも搾り出した。

「ちゅ……じゅぶ……んっ……ぷは……はぁ……はぁ……」

お姉ちゃんはやっとおちんちんから口を放して、保奈美さんと夏樹さんを見た。

「梓ちゃん……。夢中になってるのね……」

「ああ……あの梓が、こんなになるなんて……」

二人は驚きながらお姉ちゃんを見ていた。

「もぉ……。見たいって、言ったのは……あんたらでしょ……ふう……ふう……」

お姉ちゃんは熱っぽい瞳で僕を見た後、また二人を見つめた。

「これで……終わり……で……いいの？」

なにかを期待してるような声。二人に帰ってほしいんじゃなくて……。

「もっと、二人のラブラブが見たいわ♪　ねえ？」
「ん？　あ……あぁ……」
保奈美さんに言われて、夏樹さんが頷く。
「わ、私と……笙ちゃんのエッチを……見たいってコト？」
「そうよ……。うふふ……」
「二人に見られるなんて……。そんな……」
って言いながら、ちょっとだけ嬉しそうに見えるのは、なんでかなぁ……。
「そうしないと帰らないのよね？」
二人は頷いた。お姉ちゃんは軽くため息をすると、僕を見つめる。すごくエッチな目をして……。
「笙ちゃん……。イヤだと思うけど……。いいかな……？」
「う……うん……」
イヤだ、なんて言えない雰囲気。なんだか、リビングの空気がすごくエッチになってる感じ……。
「もう……今回だけよ？」
お姉ちゃんは立ちあがると、服のボタンを外した。するすると服を脱いで下着姿になると、すぐにそれも脱いで、全裸になっちゃう……。
「ふわ……お……お姉ちゃん……」

お風呂に入る時みたく、なにもつけてないお姉ちゃんの裸。保奈美さんと、夏樹さんの裸をいっぱい見たけど、やっぱり……お姉ちゃんの裸が一番キレイで……一番、興奮しちゃう……。

僕のおちんちんは素直にぴーんって硬くなって、ボッキしすぎてきとうがお腹にぺちぺちと当たった。

「うわ……。笙太の奴……。あんなに反り返らせてる」

「あ、あんなの挿れられたら……す、すごそうね……」

保奈美さんの喉がゴクッとなった。

お姉ちゃんはその前でくるって回ると僕に背中を見せて、ゆっくりしゃがみ、お尻を突き出した。

ぱっくり開いたお姉ちゃんのアソコがすごくよく見える。ピンク色の花びらも咲いてて、お汁が……とろとろ流れ出してた。

「梓ちゃん、フェラチオで濡らしちゃってたのね？」

「ええ……。だって笙ちゃんが可愛くて……。ね……笙ちゃん……」

アソコがひくっ、ひくってなって、穴がパクパクしてる。

「はぁ……はぁ……。笙ちゃん……見られながらなんて、恥ずかしいよね。ごめんね……でも、こ、このまま……お姉ちゃんに……いつもみたく……してくれる？」

「う……うん……」

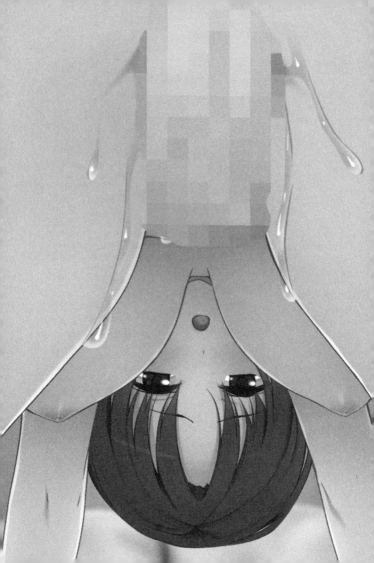

僕はお姉ちゃんに近づいて膝立ちになり、大きなお尻を掴んだ。
「はう……。あ……しょ……笙ちゃん……。ね……じ、焦らさないで……」
「うん……挿れるよ……。お姉ちゃん……」
夏樹さんと保奈美さんに教えてもらったから、もう見ないでも穴の位置はだいたい分かる。お尻を掴んだまま腰をぐいっと突き出して、きとうを穴の中にずぶずぶって、した。
「あっ！　あぁぁぁぁ！　き……きたぁ……。しょ……笙ちゃんのぉぉ……んっ！　んっ！　くぅぅぅぅ!!　んっ！　んっーーーーー!!」
「ふあっ!?」
おちんちんを挿れたら、すぐにお姉ちゃんの穴は全体がぎゅーって締まって、しがみついてくる。びく、びくって身体も震えて、おっきな声もあげてて……。これじゃ、お姉ちゃん……もう……？
「梓ちゃん、もしかして……イっちゃったの？」
「み……見ないでよ。だって、すごく……欲しかったんだもの。合宿の間、ずっとガマンしてて……。オナニーなんて絶対できないし……」
「そりゃ……すぐイッちゃうな」
「うう……は、恥ずかしい……イクところ、見られちゃうなんて……」
恥ずかしそうにしてるのに、なんだかやっぱり嬉しそう。もしかして、お姉ちゃん、見られて感じてるのかな……。

それなら、もっとお姉ちゃんを気持ち良くさせよう……。
「お姉ちゃん……動くよ……？」
「ふあ……。ま、待って……まだ……い、イってる……あっ！　あぁぁ!!」
久しぶりに入った穴の中は……やっぱり、一番気持ちいい。ギュッてなってた壁は少しずつ緩んで、いつもみたく優しく包んでくれた。ざらざらも優しく撫でてくれて、とろとろのがアソコから漏れ始めた。
僕はお姉ちゃんのお尻を掴みながら腰をグイッと突き出した。さっき保奈美さんたちが言ったとおり、僕の……大きくなってるみたい。ズブッて中に挿れると、今までと違う感触の壁に当たった。
「はぁ！　はぁ！　筆ちゃん……。いきなり……激しい……。奥……来てるぅぅ！　はぁ……はぁ！　い……んっ！　くぅぅ！　くぅぅぅ！」
「絶頂してるのにズボズボするなんて、筆太も容赦ねーなー」
「お姉ちゃんが喜んでくれるんだもの……筆太くんは、いっぱいしちゃうわよ」
二人が息を荒くしながら見てるけど、段々気にならなくなる。
「あふぅ！　あふぅ!!　いっ……あぁぁ！　当たってるぅ……。筆ちゃんのぉ、カチカチさんがぁ……反り返ってるのが……んっ……んっ……」
「うわ……本気になってるぞ……やべぇ……」
「すごいの見ちゃってるね……。愛し合ってる二人のセックスだよ……これ……」

保奈美さんたちは目を大きく開いて、僕らを見てた。でも……そんなの、どうでも良くて……僕は、お姉ちゃんを気持ち良くさせたいんだ。
「あっ！　あぁ……。もう、もう……だめぇ……。笙ちゃん……笙ちゃん……」
「なに……？　お姉ちゃん……んっ！　んっ!!」
「ねえ、いい？　お姉ちゃん……い、いつもみたく、なっちゃっていい？　笙ちゃんにだけしか見せたことのない、エッチなお姉ちゃんに……あ……あぁぁ！」
「うん！　いいよっ……。僕、頑張るからね！」
「ふあぁ……あっ……ふあぁぁぁ！」
僕が応えると、お姉ちゃんの身体がびくびくぅって震えた。穴からはお汁がまたどくどく流れて、穴の中はもっとぬるぬるでトロトロになる。
お尻から僕は手を放すと、お姉ちゃんの背中に抱きついた。こうすると、おちんちんがもっと深く挿れられる。
「あんっ！　あんっ！　あぁぁんっ！　奥っ！　奥にぃ……入ってきてるのぉぉ！」
お姉ちゃんの背中に抱きつきながら、腰をぐいっ、ぐいって動かした。おちんちんを出し入れするんじゃなくて、夏樹さんにしたみたく、お尻をぐるぐる回して、穴の中をぐちゃぐちゃに掻き回す。
「あっ！　あぁぁ！　いぃぃぃ！　笙ちゃんっ!?　それ、いぃぃぃ！　そ、そんなの、いつ覚えたのぉぉぉぉ！　お姉ちゃん、気持ち良すぎるぅぅぅ!!」

アソコからぴゅっ、ぴゅって、僕のおしっこみたいに、お汁が噴き出し、床がエッチに濡れていく。
「お姉ちゃん……お漏らししてるぅ……。あぁ……！　くぅ！　んっ！　んっ!!」
「うん！　うん！　だって、笙ちゃんの、おちんちん……当たるからぁ。気持ちいいところ……当たるからぁ……あんっ！　あんっ！　欲しかったのぉぉぉ!!」
お姉ちゃんは僕にあわせて腰を前後に動かし、もっと深いところにおちんちんが入るようにしてくれる。
「あぁぁっ!!　あぁぁぁ！　おちんちん……っ!!　笙ちゃんの、カチカチで、いっぱい掻き回されるのぉ……好きぃ！　あぁ！　あぁぁ！　いっ……いぃいぃぃぃ！」
部屋中がお姉ちゃんのエッチ汁の匂いでいっぱいになって、頭がくらくらしてくる。
「は……激しいな。こんな激しいの……してんのかよ。この二人」
「うん……すごいね。ドキドキしちゃう……。はぁ……ふぅ……」
二人は床にしゃがみ込んで、僕らのセックスを見つめてる。二人にはいっぱい色んなコトを教えてもらったけど、お姉ちゃんが……絶対に一番だ。
「お姉ちゃんっ！　すごく熱いよぉぉぉ！　いつもより、ギュッ、ギュッもすごいー」
「はぁ……はぁ……。私の笙ちゃんと、エッチしてるのを……み、見られてるから……かなぁ……あっ！　あぁぁ！　すごく……コツコツされて……！　いっ！　いいんっ！」
すごくエッチな顔になったお姉ちゃんが二人を見つめて微笑んだ。

「見て……え。保奈美ぃ……。夏樹ぃ……。最高なのぉ……。笙ちゃんのぉ、おちんちん

は……ズボズボされると、気持ち良くて……良くてぇぇぇ!! あっ、あぁぁ!」

「はぅ! お姉ちゃん……っ。僕……もう……出そう……だよぉ……」

「うん……お姉ちゃんも……。イクからね……。笙ちゃんのカチカチさんに、いっぱいズ

ボズボしてもらったから……擦られて……イク……の……イキそう……あっ……あっ

すべすべの背中に抱きつきながら、おちんちんを小さく動かして、穴の一番深いトコロ

をコツ、コツって何度も何度も叩いた。

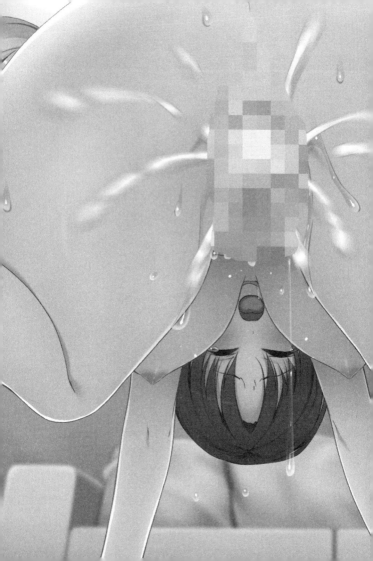

「あっ！　あぁぁぁぁ！　しょこぉぉぉぉ！　しょこぉぉぉ！　しゅごいぃ！　しゅごいぃぃ！　コツこちゅされてぇ！　笙ちゃぁぁぁぁんっ!!」
「はぁ！　はぁ！　お姉ちゃん……！　出すよぉぉぉ！　もぉ、もぉぉぉぉ!!」
「出してぇ！　笙ちゃんのおしっこぉ、お姉ちゃんの中にぃぃぃぃ！」
最後に力いっぱい一番深いトコロへズボって挿し込んだ。お姉ちゃんの身体がびくびくぅぅぅって暴れて、大きな声をあげる。
「あっ！　あぁぁぁ！　イクぅぅぅぅ！　イクぅぅぅぅぅ！　イっっっっっくぅぅ！」
「ふぁあ!!　出るよぉぉぉ……んっ！　んっ……んっーーーー!!」
どびゅ……って、音がしたと思えるくらい、おちんちんから勢いよくおしっこが飛び出した。お姉ちゃんのエッチな穴の中にどんどん溜まって、僕がぴゅっ、ぴゅって、する度に、穴はギュッって締まる。
「ひゅぐぅ……ひゅぐぅ……。出てる……笙ちゃん……のぉ。白い……おしっこぉ……。中で……あっ……あぁ……。イク……イクの……止まんないぃぃ……」
僕たちの様子を、保奈美さんと夏樹さんは、すごくビックリした顔で見ていた。
「完全に……イっちゃってるな……梓……」
「あ、あんなのされたら……誰だって……。はう……」
興奮して真っ赤になってる二人。僕のを欲しがってるみたいだけど……僕には、お姉ちゃんしか見えない。

「お姉ちゃん……。今度は仰向けになって？」
「え……う……うん……。いいよぉ……」
挿れ方を変える前におちんちんを抜いたら、僕のとお姉ちゃんのが混ざりあったお汁がどくどく流れ出した。掃除は後ですればいいよね……。
「はう……。筀ちゃん……。いいわよ……。また……気持ち良くしてくれるの？」
「うん。いっぱい、いっぱい、いっぱいしたいよぉ……」
「お姉ちゃんもぉ……。お姉ちゃんもぉ、もっと筀ちゃんのが欲しいのぉ……」
僕はお姉ちゃんの上に乗って、そのままおちんちんをズボって挿れた。
「きゃうぅぅぅ！　戻ってきてくれたぁ……。おちんちんっ……あっ……あぁぁ！」
「おっぱい……おっぱい……吸っていい？　お姉ちゃんの……飲みたいぃ……」
「もちろんよぉ……。はぁ……はぁ……。お姉ちゃんはね、ぜーんぶ筀ちゃんのなのぉ」
すごく嬉しいことを言ってもらって、僕はおちんちんがもっと硬くなった。そしてお姉ちゃんの大きなおっぱいを口にいっぱい頬張って、乳首をちゅーちゅーした。
「はむっ……ちゅっ……ちゅっ……。ちゅぶ……んっ……んっ……」
「あっ……あんっ……。いいよ……もっと、いっぱい……す、吸ってぇ……」
「はぁ……はぁ……。お姉ちゃん……。お姉ちゃん……。僕もね……僕も、お姉ちゃんのだからね……」
「筀ちゃんっ！」

お姉ちゃんが僕をぎゅーって抱きしめてくれた。
「大好き……大好きよぉ……。もう、絶対に放さないからぁ……」
「僕もぉぉ……大好きぃぃ……ちゅ……んぅ……ちゅー……」
おっぱいに顔を埋めて、乳首をいっぱいペロペロする。お姉ちゃんが気持ち良さそうな声をあげるから、今度は腰を動かして、エッチな穴をズボズボした。
「あ……あぁ……。笙ちゃぁ……んっ……」
「お姉ちゃん……っ……」
僕たちがいっぱいラブラブしていると、保奈美さんたちが立ちあがったみたいだ。
「なんだか……。アタシら……邪魔だな……」
「そうね……。はふぅ……。いいなぁ、梓ちゃん……私も、弟欲しい……」
「うう……それは、アタシも……」
そんなことを言いながら部屋を出てったみたいだけど……。
「お姉ちゃん……。もっと……もっとしよう……？」
「うん。今日はね……ずっと……繋がったままでいようね？」
僕はお姉ちゃんにぎゅーって抱きついた。

お父さんが出張から帰ってくると、今までみたくいつでもエッチはできなくなった。
でも、それが良かったかもしれない。僕とお姉ちゃんのセックスは、どんどん激しくなっていて、二人とも終わったあとは動けなくなっちゃうからだ。
「んー？　梓も、笙太も、なんだかずいぶん仲良し姉弟になったな？　お父さんがいない間に、仲直りしたのか？」
「あら？　私たち、ケンカなんてしてないわよ。ねえ、笙ちゃん？」
「うん♪」
お父さんの前では、僕たちはまだ姉弟のままだった。
もちろん、エッチなことは……しちゃってる。お父さんに気づかれないように。
例えば朝は……。
「笙ちゃん、今朝も元気ね……うふふ……んっ……んっ……」
「あ……あ……お姉ちゃん……のおっぱい……気持ちいいよぉ……」
今日も学校に行く前、お姉ちゃんがおっぱいで、僕のおちんちんをシコシコしてくれる。

大きくてやわらかいのに根元まで包まれちゃって、すごく……気持ちいい。

「本当は……エッチしたいけど……疲れちゃうからね」

「うん……あっ……あぁ……。ゴシゴシされて……はぅ……はぅ……」

ベッドに腰かける僕の前で膝立ちになって、上半身だけのお姉ちゃん。僕も、おっぱいゴシゴシで終わるのは悲しい。朝から、お姉ちゃんの中に入って、いっぱいぴゅぴゅっしちゃいたい……。

でも、それを始めちゃうと、学校を休むことになっちゃうに決まってる……。

「あ……あんっ……。笹ちゃんの、また大きくなった？　お姉ちゃんのおっぱいで、全部隠れなくなってきたわよ？」

「ひゃ……うぅ。だって、お姉ちゃんが……毎日、弄ってくれるからぁ……」

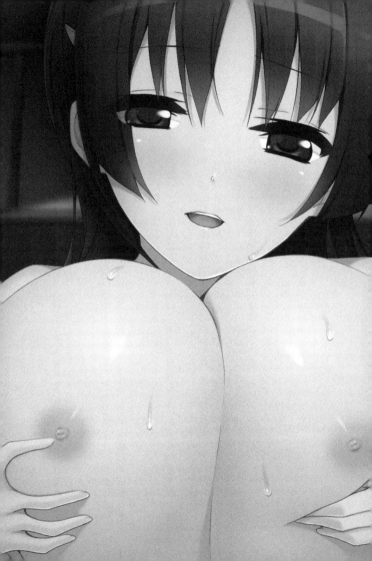

ぷるんぷるんしてるおっぱいを触りたい。乳首をちゅーちゅーしたい。でも、それしたらお姉ちゃんに入りたくなっちゃうし……。

「うふふ……。じゃあ……」

お姉ちゃんがおっぱいの端を掴むと中心に向かってぎゅーって押し込んだ。やわらかいけど、すごい圧迫感……。そのまま、大きいのをぷるん、ぷるんって上下に動かすから、中心にあるおちんちんが、いっぱいゴシゴシされる。

「あっ！　すごいっ！　それ、すごいよぉぉ!!」

「おっきくなーれ……おっきくなーれ……。笙ちゃんの、おちんちん……おっきくなーれぇ……。んっ！　んっ！」

「なっちゃうよぉ！　お姉ちゃんのおっぱいで、おちんちん、もっと……もっと、大きくうぅぅぅ！　あっ！　あぁぁぁ!!」

おっぱいの動きがどんどん激しくなって、手でされるのよりもいっぱいゴシゴシってされた。きとうがすごく熱くなって、全体がぷくってしてくる。

「イキそう……？　笙ちゃん……？　おしっこ出るかなー？」

「うん……うん……出るよぉ……出ちゃうよぉ……」

「今日はお口で出す？　それとも、このままがいい？」

「あ……あ……。こ、このままぁ……」

お姉ちゃんはコクンて頷くと優しく微笑んだ。

「じゃ、お姉ちゃんのおっぱいでぴゅーってしようね……んっ……んっ……」
「あっ！　あぁぁ！　出る……出るぅぅ!!　お姉ちゃんのおっぱいに……僕……僕……おしっこしちゃうよぉぉぉ！　あっ！　あぁ！　あぁぁぁぁ!!」
タマタマにいっぱい溜まってた白いおしっこが、今日もいっぱい飛び出した。おっぱいの間にどくどくって出て、勢いがついたのが、おっぱいに降りかかった。
「んっ……あ……あんっ……。いっぱい……出たね……。うふ……嬉しい……」
ぴゅっ、ぴゅっしてるおちんちんを、ニコニコしながらおっぱいでゴシゴシして、頬についた白いネバネバを舌でペロッと舐めた。
「ん……くちゅ……んっ。美味しい……。んっ……ぴちゃ……」
お姉ちゃん……キレイで……エッチだ……。こんなお姉ちゃんを見たら、一回じゃ小さくならないよぉ……。
「はぁ……はぁ……。笙ちゃんの、まだ元気ね。今度は……。お口でしようね。お姉ちゃん、笙ちゃんの白いおしっこ……ゴクゴクしたいから……。はむっ……」
「くひぃぃぃぃ!!」
恋人同士になった僕とお姉ちゃんの朝は、毎日こんなだった……。
学校に行くと、また女子たちがチラチラ僕を見てる。クラスの女子だけじゃなくて、他のクラスの女子まで、教室にやってきていた。

「鶯谷くん……やばすぎ……もっとカッコ良くなってるよねえ……」
「うん。前は可愛い感じだったのに、最近……すっごいカッコイイ」
そんなことを言ってるんだけど、僕にはよく分からない。ラブレターもらったり、告白っていうのをされたけど……僕にはお姉ちゃんがいるから断った。
「今日もショータはモテモテかよー。もう……少し分けてくれよー」
「分けるって。僕のじゃないよ。あはは」
「あーもう、その余裕の笑い方が……くそぉ……」
友達の男子たちはなぜか悔しそうに僕の肩を軽く叩く。
「ショータ！　モテ方教えろよな！」
「だから、分からないってば」
僕はなにも変わってないつもりなのにな――？

次の日がお休みになる夜は、こっそりとお姉ちゃんの部屋に忍びこんだ。音を立てないように静かに、そーっと。
お姉ちゃんのベッドに静かに乗ると、よく眠ってるお姉ちゃんの身体にゆっくりと乗っかった。そして、パジャマのボタンを一つずつ……外す。
「こらっ……。悪い子♪」
お姉ちゃんが僕をギュッと抱きしめて耳元で囁いた。

「待たせすぎよぉ……。もう、あそこがじんじん痺れちゃってるんだからぁ……」
「だって、お父さん……なかなか寝てくれなくて……」
「もう……。早く……早く……挿《い》れよう？　お姉ちゃん、もう……とろっとろになってるんだからね」
僕とお姉ちゃんはすぐに裸になった。これからお父さんが起きる時間になるまで、ずーっとセックスをする。
「最初は……。お、お姉ちゃん……上になりたいから……あっ……あぁ……」
仰向けになった僕の上にお姉ちゃんが乗っかる。しかも、僕に背中を見せる格好で。
「はぁ……はぁ……。笙ちゃんのおちんちん、また大きくなってるぅ……。あんなに可愛かったのにぃ……」
お姉ちゃんは脚を大きく開いて、自分の穴の中にゆっくりとカチカチになってるのを挿し込んでいった。
「はっ……あっ……。ひ、広がるぅ……。笙ちゃんのぉ……。カチカチさん……あっ……お姉ちゃんの……穴ぁ……。広げるのぉ……あっ！　あぁぁ!!」
「くぅぅ……。あ、熱いよぉ……お姉ちゃんの……中ぁ……」
「んふ……。だって、今日はエッチできるから……学校で、トロトロになっちゃってたのよ……あ……あぁ……。奥に……当たるぅ……あっ……あぁぁ……」
保奈美さんと夏樹さんとは、もう一度もエッチなことはしていない。二人に何度か誘わ

れたけど、もうお姉ちゃん以外の女の人とはしたくなかった。お姉ちゃんによれば、二人は年下の彼氏をゲットしようとしてるらしい。

「反り返ってるぅ……。あっ……あぁ……。もっと、もっと掻き回してぇ……笙ちゃんっ。あっ！　あんっ！　いっ！　いっ！」

「あ……締まる……。お姉ちゃん……のぉ。うぅ……うぅ……」

お姉ちゃんは僕の上で跳ねるように動き、ズボッ、ズボって穴の中に何度も突き刺した。壁にごつん、ごつんて当たって、きとうがめちゃくちゃに擦られて、すっごい気持ちいい……。

「あっ……くぅ……あっ！　あぁぁ！　笙ちゃんのぉ、暴れてるぅぅ。お姉ちゃんの、中でぇ！　あっ！　あぁぁぁ！　気持ちいぃ!!　んっ！　んっ！」

お姉ちゃんの身体を支えながら、お尻を上にグイって持ち上げると、穴のもっと深いトコロに先っぽがコツって当たった。

「きゃううぅ！　あっ！　あぁぁぁ！　そこもぉ……そこも気持ちいいのぉ。もっとしてぇ……お姉ちゃんを……もっと気持ち良くして……笙ちゃんっ……」

「うん……うん……はぁ！　はぁ！　こう？　こうすればいいの？」

「そうよぉ！　そう！　入り口も、奥も……笙ちゃんのカチカチので、あ……あっ……めちゃくちゃにしてぇ！　あっ！　ふあぁぁぁ！」

熱いお汁が、お姉ちゃんのアソコから、またぴゅっ、ぴゅって飛び始めた。すごく感じ

てくれてる証拠だ。
「あ……あっ……。笙ちゃん……お姉ちゃん、もう……イキそう……。あ……ふぅ……。飲みたいよぉ……。く……んっ……笙ちゃんも一緒に……ね？　んっ！　んっ！」
「うん……うん……。僕も、もう……出ちゃうから……あっ……あっ……」
お姉ちゃんの腰が大きく動いて、ズボッ、ズボって深いトコロに入ってく。ぎゅーって撫でてくる穴の壁はザラザラがすごくて、もうガマンできない……。
「あ……あ……。お姉ちゃん……出るよ……おしっこ……ぉ……」
「うん……いいのよ。出して……。お姉ちゃん……アソコで飲むからね。笙ちゃんの、白いのぉぉ……あっ！　あぁぁぁ!!」
「くぅ……。出る……出るぅ……お、お……お……お姉ちゃんっ!!」
「はぁぁぁぁ!!　しょ、しょ……笙ちゃぁぁぁぁんっ!!」
ドクッ……ドクッ……って、おちんちんを上下に震わせながら、白いおしっこをいっぱい出した。同時にお姉ちゃんのアソコからはぷしゃーってお汁が噴き出し、二人の脚にかかる。
「あっ！　あっ！　い……イってる……イクの……止まんないぃ……」
お姉ちゃんのアソコは何回も、何回も……ギュッギュッって締まり続けた。
「イキっぱなし……ぃ。笙ちゃんの……おちんちんで……お姉ちゃん……。イキっぱなしになってるぅ……はふぅ……」

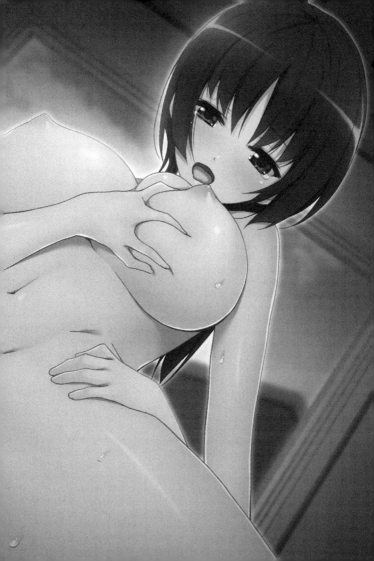

お姉ちゃんは身体をなんとか支えながら振り返り、エッチに微笑んだ。

「笙ちゃん……大好き……。大好きすぎて……。どうしたらいいか……分かんない……」

僕はそんなお姉ちゃんを後ろから抱きしめた……。

「お姉ちゃん……。僕も……僕も……大好き。大好きだよぉ……」

（完）

あとがき　黒瀧糸由

みなさんこんにちは&初めまして黒瀧です。
ある日の電話で……。
編集Y氏：「黒瀧さん。ショタいきませんか？」
黒瀧：「うおおおおお!!　おっ！　おおおおお！」
といった、人としてとてもいけない反応をした上で、本作がスタートしました。いやあ、久しぶりのショタですよ。いーですなぁ。実に良い。うん。この倍、エッチシーンがあってもいい。うん。実に良い。
姉で、おっぱいも揃ってるんですから言うことはありません。たまりません。
ああ、おっぱいがたまらないと言えば、こんなおっぱい談義がありました。
それはそれは精巧なおっぱいギミックが安価で登場したとネットで見まして、〇〇〇の玩具屋さんに行ったのです。お目当ての商品はなかったのですが、最近は色んなのが作られてて、見たり、触れたり、感心したりとしておりました。
その後、友の家でおっぱい玩具の完成度の高さを話したのですが「VR」と融合しないかなー……という話に。テクノロジーとエロは不可分な関係にあるのは言うまでもありません。あんなムニョムニョがVR連動された日にゃ、世界は大変なことになりますね。
楽しみで仕方ありません！
ああ、今回もくだらない話で文字が埋まってしまいました。では、また。どこかで。

ぷちぱら文庫

お姉《ねえ》ちゃんとショータくんと。
～ナカを良《よ》くするHのカンケイ～

2017年 2月 28日　初版第 1 刷 発行

■著　　者　　黒瀧糸由
■イラスト　　一河のあ
■原　　作　　アンモライト

発行人：久保田裕
発行元：株式会社パラダイム
〒166-0011
東京都杉並区梅里2-40-19
ワールドビル202
TEL 03-5306-6921

印 刷 所：中央精版印刷株式会社

PP251

キミの瞳が
わたしたちを
エッチにしちゃう ♥

すうぃ～と☆SwitcH
～まじわるシセンでとろけるカラダ～

ぷちぱら文庫 249

著　黒瀧糸由
画　一河のあ
原作　アンモライト
定価 **690** 円+税

好評発売中！